記憶喪失の侯爵様に溺愛されています 2

これは偽りの幸福ですか？

春志乃

JN072361

B's-LOG BUNKO

ビーズログ文庫

イラスト／一花夜

Contents

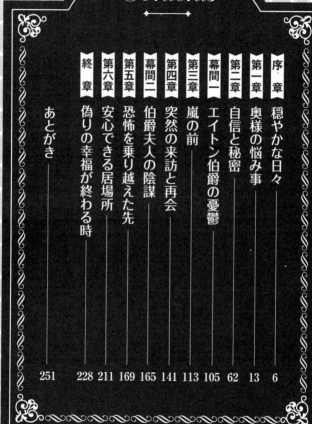

人物紹介
リリアーナ
元エイトン伯爵令嬢。
訳あって引きこもり
だったのだが、
ウィリアムと政略結婚し……？
ウィリアム
スプリングフィールド侯爵。
王家直属のヴェリテ騎士団の
第一師団・師団長で、王国の英雄。
記憶喪失になり、
リリアーナを溺愛中。

アルフォンス・クレアシオン

クレアシオン王国の
王太子で、
ヴェリテ騎士団の
第一師団・副師団長。
ウィリアムの親友。

フレデリック

ウィリアムの
乳兄弟であり、
専属執事。エルサの夫。

エルサ

リリアーナの専属侍女。
幼馴染のフレデリックと
夫婦である。

セドリック

リリアーナの異母弟。
エイトン伯爵家の
跡取り。

サンドラ（左）
&
マーガレット（右）

リリアーナを虐めていた
継母と異母姉。

序章 穏やかな日々

現在、私――リリアーナ・カトリーヌ・ドゥ・オールウィン＝ルーサーフォードは、旦《だん》那《な》様のスプリングフィールド侯爵《こうしゃく》ウィリアム・イグネイシャス・ド・ルーサーフォード様の膝《ひざ》の上にいます。

わけが分からないかと思いますが、私にも分からないのです。

私は、いつも通り昼食を済ませて少し休憩《きゅうけい》をした後、侯爵家で運営している孤児院《こじいん》のバザーに寄贈《きぞう》する品々への刺繍《ししゅう》を侍女《じじょ》のエルサとアリアナさんと共にしていました。

そこへ旦那様が突然《とつぜん》やって来て、徐《おもむろ》に私を膝に抱《かか》えたのです。私が事態を理解するより早く執事《しつじ》のフレデリックさんが書類の束を運んで来て、旦那様の前に置きました。

「君は私の膝の上でそのまま繍《ぬいとり》を続けてくれ。私はここでこのまま仕事をする。可愛《かわい》い妻を膝に抱えていたほうが仕事が捗《はかど》るかもしれない。父も同じことをしていたのを思い出したんだ」

「は、はぁ」

至極真剣《しごくしんけん》におっしゃる旦那様に私はなんとも間抜《まぬ》けなお返事しかできませんでした。エルサとフレデリックさんは、呆《あき》れの境地に至った顔をしていましたが、なぜかアリアナさんはキラキラと目を輝《かがや》かせていました。

恥《は》ずかしいので下《お》りたかったのですが、宣言通り旦那様は私を膝に抱えたまま本当にお仕事を始めてしまったのです。

旦那様が真剣《しんけん》に書類を読む横顔を見つめながら、人生何が起こるかは本当に分からないものだと実感します。

私と旦那様は、いわゆる政略結婚《けっこん》でした。

一年と少し前の春の終わりに私と旦那様は、結婚し、夫婦《ふうふ》になりました。

旦那様は、このクレアシオン王国でも指折りの大貴族であるスプリングフィールド侯爵であり、王国一の実力を誇《ほこ》るヴェリテ騎士団《きしだん》で師団長という肩書《かたがき》を持つ素晴《すば》らしい方でした。一方の私は、引きこもりの伯爵令嬢《はくしゃくれいじょう》で容姿もパッとしない上、貴族の妻としての知識もなく役に立たないのが現実でした。

ですから当時の私と旦那様は、お世辞にも仲の良い夫婦とは言えませんでした。

その昔、婚約者《こんやくしゃ》の女性との間にあった何かがきっかけで旦那様は、女嫌《おんなぎら》いになってしまいました。旦那様は、私との結婚は、私が病弱で引きこもりの伯爵令嬢だったため、社交で外に出さなくても都合の良い妻として迎《むか》え入《い》れたのだときっぱりと言われました。

結婚式から約一年は、ほぼ顔を合わせることもなく過ごしていました。

ところが今から三カ月ほど前の初夏、旦那様は訓練中に転倒《てんとう》し、頭の打ちどころが悪かったのか、なんと記憶喪失《きおくそうしつ》になってしまわれたのです。

ご自分のことはおろか、私のこともご家族や友人のことも、エルサたちのように幼い頃《ころ》から旦那様に仕えている使用人の皆様《みなさま》のことも何もかも忘れてしまったのです。

そして、なんと記憶喪失になった旦那様は私に対して、とても優《やさ》しく接して下さるようになり、一年もの間、放置したことを後悔《こうかい》し、改めて夫婦になりたいと言って下さったのです。

ですが、旦那様に初めてのディナーに誘《さそ》われた夜、私は実家での仕打ちを思い出して恐怖《きょうふ》に気絶してしまいました。

エイトン伯爵家は間違《まちが》いなく私の生家ですが、父や継母《ままはは》、異母姉《あね》とは折り合いが悪く、前妻の忘れ形見であった私は疎《うと》まれる存在でした。

けれど旦那様は、私の弱さを受け止めて、大丈夫《だいじょうぶ》だと言って抱《だ》き締《し》めて下さいました。

それからは一緒《いっしょ》に食事をしたり、お庭をお散歩したり、小説の感想を交換《こうかん》したりと、空白の一年の時間を取《と》り戻《もど》すかのように二人で時間を過ごすようになりました。

少し前まで考えられませんでしたが旦那様と過ごす時間は、心臓がドキドキと忙《せわ》しなく、温かくて優しくて幸せな時間でした。

ですから記憶を取り戻したら、また嫌われてしまうのではと不安だったのです。

けれど、共に訪《おとず》れた孤児院で私と出会った時の記憶を取り戻した旦那様は、それまでと同じ優しくて頼《たよ》りになる旦那様のままでいて下さいました。そしてこれから先の人生で一緒に新しく思い出を作ろうと、そう言って下さったのです。

あれから夏が終わり初秋となった今も旦那様の記憶は完全には回復しておりません。ですが、ふとした瞬間《しゅんかん》に幼い頃のことや、十代の頃の思い出を少しずつ思い出しているそうです。

主治医のモーガン先生によれば、それらは記憶が順調に回復している証拠《しょうこ》だそうです。旦那様の記憶が回復することに全く不安がないと言えば嘘《うそ》になりますが、私のことを「絶対に忘れない」と言って下さった旦那様のことを私は信じております。

「あ、あの、旦那様」

「なんだい、リリアーナ」

「やっぱりこの体勢は、お辛《つら》くないですか？　お仕事もやり辛いのでは……」

「まさか！　むしろ絶好調だ！」

そう言って私の旦那様は、言葉通りご機嫌《きげん》な笑《え》みを浮《う》かべています。

「……あの、本当にお義父様《とうさま》は、お義母様《かあさま》をお膝にのせてお仕事をしていたのですか？」

お会いしたことはありませんが、旦那様のご両親はとても仲が睦《むつ》まじい夫婦だと聞いています。

「ああ。君の顔を見られず、仕事が捗らないことを嘆《なげ》いていたら、ふと思い出したんだ」

旦那様は自信満々に頷《うなず》きました。

「事実でございますよ、奥様《おくさま》。大旦那様と大奥様は、大変、仲の良いご夫婦ですので、今も多分、そうしておられると思います」

フレデリックさんが淡々《たんたん》と告げます。見れば、エルサもうんうんと頷いていました。

「で、ですが私にも書類の中身が見えてしまいますが……」

騎士でもある旦那様のお仕事は、家族にも言ってはいけない守秘義務というものがあると、以前教えてもらいました。

「ああ、これは領地のことだから大丈夫だよ。君は私の正式な妻で侯爵《こうしゃく》夫人《ふじん》だからね。それに疲《つか》れたら可愛い君を見れば元気が出る。これなら延々と働ける気がする」

旦那様は、力強く言い切りました。

孤児院で一部の記憶を取り戻してから、旦那様はやけに積極的にスキンシップを図《はか》ってきます。私も旦那様のことは、頼りになる素晴らしい旦那様だと思っているので、嫌《いや》ではないのですが、ついつい恥ずかしさが勝《まさ》ってしまいます。

それに最近、私はおかしいのです。

旦那様と一緒にいると以前からドキドキすることは、多々あったのです。旦那様は、端《たん》正《せい》なお顔立ちですし、とても格好いい殿方《とのがた》なので仕方ないのです。

ですが、最近はもうそのドキドキが頻繁《ひんぱん》に私を襲《おそ》うのです。今も旦那様と密着した状態で頬《ほお》は熱いですし、心臓が口から出てきそうなほどです。

もう刺繍なんて指を刺《さ》しそうでできないので、真剣にお仕事をされている旦那様の横顔をこっそりと見つめます。私の大好きな青い瞳《ひとみ》が真剣に書類の上の文字を追っています。やっぱり旦那様はとても格好いいです。

最近、旦那様と一緒にいると胸に溢《あふ》れる甘くて、何故《なぜ》か少しだけ切ないこの感情は何と言うのでしょう。とても不思議で複雑な感情です。

ふいにちらっと振《ふ》り返《かえ》った旦那様と目が合います。旦那様は青い瞳をにこりと細めて、私の額にキスを落とすと鼻歌を歌いながら、再び書類に顔を向けました。

私は両手で顔を覆《おお》って、羞恥《しゅうち》に震《ふる》えることしかできないのでした。

第一章　奥様の悩み事

「今日も来ませんでしたか」

「はい、申し訳ありません、奥様《おくさま》」

エルサが申し訳なさそうに頷《うなず》きました。

「エルサが悪いわけではないですよ。……私が心配しすぎているのかもしれません」

曖昧《あいまい》に笑って、私は手元の本に視線を落としました。表紙には『王国の歴史・近代編』と書いてあります。

最近は旦那《だんな》様と三食共にすることが多くなりました。今朝も一緒《いっしょ》に朝食をいただいて、旦那様は書斎《しょさい》へお仕事に、私は家令のアーサーさんにお勉強を教わるために自室へ戻《もど》りました。いつもそのタイミングで、届いた手紙をエルサが渡《わた》してくれるのです。

とは言っても私にお手紙をくれるのは侯爵家《こうしゃくけ》の運営する孤児院《こじいん》の子どもたちと異母弟《おとうと》のセドリックだけです。

セドリックは、幼い頃《ころ》から私をとても慕《した》ってくれて、あの子だけが私の結婚《けっこん》を祝福してくれました。ただ、私を疎《うと》む両親や異母姉に目をつけられないように、セドリックと私の関係は今も彼らには内緒《ないしょ》のままです。

父は、私に何一つ知らせることなく、婚約《こんやく》も婚約式も結婚式も全て決めてしまいました。ですので、私は結婚式さえも当日の早朝に知らされました。セドリックとはろくに別れの挨拶《あいさつ》もできないままでした。

そのセドリックから初めて手紙が届いたのは、結婚して二カ月が経《た》った頃でした。侯爵家での生活にようやく慣れだした頃で、突然《とつぜん》、実家であるエイトン伯爵家《はくしゃくけ》の馬番の少年がこっそり届けてくれたのです。

あまり頻繁《ひんぱん》に手紙を交《か》わすと両親にバレてしまうので、月に一度と決めています。セドリックからの手紙はいつも月の最初の週に届きます。その時に前回の手紙の返事を書いた私の手紙を馬番の少年に託《たく》すようにしていました。

ですが、今月はもう二週目も終わりだというのにセドリックの手紙が届かないのです。

「……私がもっとしっかりしていれば良かったのですが」

「奥様、あまり気を落とさないで下さいませ」

エルサがそっと慰《なぐさ》めるように私の肩《かた》に触《ふ》れました。

伯爵家の使用人の皆《みな》さんは、あまり私に関わろうとしてこなかったので、私も彼らとは関係を上手に築けていませんでした。ですから、彼らにセドリックの様子を聞くこともできないのです。

「私と同じように風邪《かぜ》でも引いてしまったのでしょうか」

実は、先週、季節の変わり目に負けてしまい、私は風邪を引いて寝込《ねこ》んでいたのです。もしかしたらセドリックも風邪を引いてしまったのかもしれません。

「……やはり、旦那様に相談されてはいかがでしょうか？」

エルサの提案は、これが初めてではありません。ですが、私は何度言われてもなかなか首を縦に振《ふ》れないでいました。

「旦那様は、最近お忙《いそが》しいようですし、また無理をして倒《たお》れられては大変です。それに先週も随分《ずいぶん》と心配をかけてしまいました」

風邪と言ってもそれほど酷《ひど》いものではありませんでした。多少、熱が出てしまったのと喉《のど》が痛くて食事ができなかっただけなのですが、旦那様はとても心配して下さいました。

風邪がうつるからと何度言っても聞いてくれず、私の寝室《しんしつ》のベッドの横にデスクを持って来させて、そこでずっとお仕事をされていたのです。その上、着替《きが》えなど以外は看病までして下さったのです。

記憶喪失《きおくそうしつ》になった際、旦那様は重度の過労と診断《しんだん》されました。

あれから三カ月以上が経った今は、記憶が戻っていないこと以外は問題もありませんので、現場に赴《おもむ》くことはありませんが、書類仕事を片付けるため週の半分は騎士団《きしだん》のお仕事へと出かけられています。

だというのに先週は、騎士団へ赴く予定も変更《へんこう》して私の傍《そば》にいて下さいました。具合が悪いと心細くなるので、旦那様がお傍にいて下さって心強かったのですが、ご迷惑《めいわく》をおかけしてしまったことは間違《まちが》いありませんでした。

「先週、無理に私の傍にいて下さったのですから、お仕事が少々、大変なのだと思います。今朝も少しお疲《つか》れのご様子でしたし……それに明日にはお手紙が届くかもしれません。もう少しだけ待ってみます。フレデリックさんにも内緒ですよ」

「……分かりました」

渋々《しぶしぶ》といった様子でエルサが頷いてくれました。それと同時にノックの音がして、アーサーさんが入ってきます。

「お勉強のお時間でよろしいですか？」

私とエルサの様子を見て首を傾《かし》げたアーサーさんに慌《あわ》てて頷きます。

侯爵家の家令であるアーサーさんはエルサのお父さんでもあります。顔立ちはあまり似ていませんが、紺色《こんいろ》の瞳《ひとみ》がお揃《そろ》いです。

「それでは、奥様。前回の続きからやっていきましょう」

「はい、今日もよろしくお願いします」

ぺこりと頭を下げて、私は本とノートをテーブルの上に広げたのでした。

それから五日が経っても、セドリックからの手紙はきません。

風邪が重くなってしまったのか、大きな怪我《けが》をしたのかと日に日に不安が積み重なっていきます。それに比例するように食欲が失《う》せてしまい、余計にエルサや旦那様に心配をかけてしまうという悪循環《あくじゅんかん》に陥《おちい》っていました。

今日は、旦那様が騎士団に行く日です。騎士の制服姿の旦那様は、とても凛々《りり》しいのですが、そのお顔には心配の色が浮《う》かんでいました。

「リリアーナ、留守を頼《たの》む。今日はディナーまでには戻るから、一緒に食べよう」

「はい、旦那様」

「……リリアーナ」

手袋《てぶくろ》をはめた大きな手が私の頬《ほお》に触れます。どうしたのかと首を傾げると心配そうな青い瞳が私を見つめていました。

「朝食の時にも思ったが、今日は一段と顔色が良くない」

旦那様の指摘《してき》に反対側の頬に触れてみますが、触れたところで自分では分かりません。

「リリアーナ、本当に大丈夫《だいじょうぶ》かい？　モーガンに診《み》てもらったほうがいいんじゃないか？」

「いえ、本当に大丈夫なのです。心配をおかけしてしまい、申し訳ありません」

私は慌てて首を横に振りました。旦那様は、何か言いたげな様子でしたが私が「本当に大丈夫なのです」と念を押すとなんとか納得《なっとく》して下さいました。

それでなくとも先日、風邪で寝込んで以来、旦那様は体が冷えるといけないからとエントランスではなく私の部屋の前でしかお見送りを許して下さらないのです。

「せめて今日は、刺繍《ししゅう》もマナーのレッスンも勉強も中止して、ゆっくり休んではどうだ？」

「旦那様の提案に賛成でございます」

私が返事をするよりも早くエルサが旦那様の言葉に同意します。振り返れば、エルサもその横にいるアリアナさんも、旦那様の背後に控《ひか》えるフレデリックさんでさえ心配そうな表情を浮かべています。

「君がいつも私を心配してくれているように、私だって君を案じているんだよ。もちろんエルサたちだって同じだ」

「……旦那様」

「私の大切な奥さんには元気でいてもらいたいんだ。ゆっくり休んでくれ」

「分かりました。でも……旦那様のハンカチの刺繍は続けてもいいですか？　デザインがようやく決まって、今日から刺《さ》す予定で楽しみにしていたのです」

旦那様を見上げて、お願いをします。旦那様は「うっ」と言葉を詰《つ》まらせると、しばし視線を左右に泳がせた後、渋々ながら頷いて下さいました。

「ありがとうございます、旦那様」

　思わず笑《え》みが零《こぼ》れてしまいます。

　つい先日、嬉《うれ》しいことに旦那様に刺繍をしてほしいとハンカチを託されたのです。エルサとアリアナさんとデザインを一生懸命《いっしょうけんめい》考えて、ようやく旦那様にぴったりのデザインが決まりましたので、刺すのを楽しみにしていたのです。

「だが、具合が悪くなった時とエルサが休むように言った時は必ず休むと約束してくれ」

「はい、旦那様。お約束します」

　こくこくと頷くと旦那様が、そっと頭を撫《な》でて下さいました。大きな手は優《やさ》しくて、力強くて安心します。

「では、エルサ、アリアナ、リリアーナを頼んだぞ。リリアーナ、行ってくる」

　額にキスが落とされて、一気に頬が熱くなります。毎朝のことなのですが、どうしても慣れません。

「い、行ってらっしゃいませ、旦那様」

「ははっ、行ってくる」

　真っ赤になった私に旦那様は、カラカラと笑ってフレデリックさんと共に歩き出しました。階段を下りて姿が見えなくなるまで、お見送りするのが習慣です。早く元気になってエントランスまでお見送りできるようになりたいです。

「さあ、奥様、お部屋に戻りましょう」

「ええ。でも、エルサ、本当にお休みしていいのかしら、今日はお勉強が……」

お部屋の中に戻り、ソファに腰《こし》かけながらエルサに尋《たず》ねます。

「奥様の健康が一番です。異論は一切《いっさい》認めません」

笑顔《えがお》できっぱりと言い切られてしまいました。エルサには逆らえません。

「何か飲まれますか?」

「……では、果実系の温かい飲み物を。今日はなんだか冷えますね」

「それでしたら、レモネードをご用意いたしましょう。アリアナ」

「はい。行ってきます」

元気良く頷いたアリアナさんが、早速部屋を出て行きました。厨房《ちゅうぼう》で貰《もら》ってきてくれるのでしょう。

「奥様、午前中はベッドで横になられてはいかがですか?」

「いいえ、本当に大丈夫ですよ。……原因は、分かっていますから。寝不足なのかもしれません」

エルサが、気遣《きづか》わしげに眉《まゆ》を下げました。セドリックのことで私が悩《なや》んでいると知っている分、心配をかけてしまっているのが申し訳ないです。

それでも私が困ったように微笑《ほほえ》んで首を横に振れば、エルサは、そのことについては何も言わずにいてくれます。

「……でしたら、枕元《まくらもと》にハーブの香り袋をご用意いたします。お昼までは、横になって休んで下さいませ。刺繍は、午後からにいたしましょう」

「分かりました。……ありがとうございます、エルサ」

「私は、奥様の侍女《じじょ》でございますから」

そう言ってエルサは、ようやくほっとしたように微笑んでくれたのでした。


「あ、ここからならウィルの家も近いし、久しぶりにリリィちゃんに会いたいな！」

そう宣《のたま》ったのは、隣《となり》を歩くアルフォンスだった。

昼下がりの城下の賑《にぎ》やかな通りを私――ウィリアムは彼と共に警邏《けいら》中だ。

家でも騎士団でも書類仕事に追われる私の息抜《いきぬ》きはこの町の警邏だ。ちなみに家では無論、リリアーナだ。

アルフォンスは、私の幼馴染《おさななじみ》だ。この国の王太子だが、社会勉強を兼《か》ねて今はヴェリテ騎士団に在籍《ざいせき》し、第一師団の副師団長を務めている。

今日は出かけ際《ぎわ》に偶然《ぐうぜん》、アルフォンスに見つかって勝手についてきたのだ。私とアルフォンスの後ろにはフレデリックと、アルフォンスの護衛であるカドックという騎士がいる。

彼はわけあって非常に無口な男だ。

「……だめだ。今日は朝からあまり顔色が良くないんだ」

私の言葉にアルフォンスがぱちりと空色の瞳を瞬《まばた》かせた。

「この間の風邪がぶり返しちゃったかな？」

「いや、そういうわけではないんだが……」

私は言葉を濁《にご》して、目を逸《そ》らす。その先で騎士様だ、と時折手を振ってくる子どもらに手を振り返しながら、足を進める。

「ウィリアム？」

言葉を濁した私の腕《うで》を摑《つか》んでアルフォンスが足を止めさせる。

言い訳を二つ三つと考えてみるが、フレデリックよりもアルフォンスを説《と》き伏《ふ》せるほうが実は難しい。次期国王という肩書を持つ王太子の彼は、人の機微《きび》に非常に敏《さと》く、逃《に》げる隙《すき》を与《あた》えてはくれないのだ。

「………何かを悩んでいるみたいなんだ」

「リリィちゃんが？」

「ああ。思い悩んでふさぎ込んでいることが多くなった。私がどれだけ声を掛《か》けても大丈夫としか言ってくれないんだ」

リリアーナは、このところ窓の外へ顔を向け浮かない顔をしていることが多くなった。最初は私も風邪がぶり返したのかと心配したのだが、どうやらそうではないようだ。

それに気付いたのは、彼女の不安な時に鳩尾《みぞおち》に手を添《そ》える無意識の癖《くせ》も同時に多くなったからだ。風邪で寝込んだ時は、そんなことはなかった。

「……私では頼《たよ》りないのだろうか」

「そりゃ、まあねぇ」

歯に衣着《きぬ》せぬ友人は、私の呟《つぶや》きを何の躊躇《ためら》いもなく肯定《こうてい》した。ぐっと心に何かが刺さって、胸を押さえる。そんな私にアルフォンスが、はぁ、とため息を一つ零す。

「まあ、でもリリィちゃんの性格上、遠慮《えんりょ》しているだけかもしれないけどね。ここのところ、君は忙しくしているから、迷惑をかけちゃいけないとでも思ったんだろうさ」

「そんなっ、リリアーナのことで迷惑に思ったことなど……っ」

「だーかーら、それを僕に言ったって意味ないでしょう？」

呆《あき》れたようにアルフォンスが言った。背後でフレデリックが「その通りですね」と言うのが聞こえた。

「リリィちゃんに直接聞けばいいでしょ？　何を悩んでいるんだって、悩んでいるなら力になるよって」

「それが言えないのが当家のヘタレ様《旦那》なのでございます」

　フレデリックが、わざとらしいため息をつき、嘆《なげ》くように肩を落とした。旦那様という呼び方に言外に何か含《ふく》まれていたような気がする。

　アルフォンスがますます呆れ顔を濃《こ》くする。

「あのねぇ、問題っていうのはこじれてからじゃ遅《おそ》いんだよ？　どうするの、リリィちゃんが離縁《りえん》したいって悩んでたら」

「ま、ままっ、まさかっ！」

　思わず顔を上げる。悲鳴染《じ》みた声が勝手に漏《も》れたが、それほどに衝撃《しょうげき》的だった。

　まさかリリアーナは、私と離縁したくて悩んでいるのだろうか。そんなことは考えたこともなかったが、言われてみれば心当たりが多すぎる。彼女の優しさで私は彼女の夫でいられているようなものだ。でなければ、単なる政略結婚、一年も放置してその上記憶喪失になった面倒《めんどう》くさい夫のことなど捨てたくなっても致《いた》し方ないのかもしれない。

「あーもう、言いすぎたよ。じゃあ、お見舞《みま》いに行かせてよ。僕がそれとなーく聞き出してみるからさ」

　ずーんと落ち込んだ私に珍《めずら》しくアルフォンスが少し慌てながら言った。

「本当か？」

「本当だよ。君は僕の大事な友人だし、可憐《かれん》なご婦人が表情を曇《くも》らせたままなんて国の一大事だからね。丁度良く、目の前がお花屋さんだし、可愛《かわい》い花束を作っぐえっ」

反射的に私はアルフォンスの襟首《えりくび》を摑んで引き留めていた。首が絞《し》まったのかアルフォンスが涙目《なみだめ》になって睨《にら》んでくる。だがそれどころじゃない。

「花はっ、花はだめだ！」

「はぁ？　だってリリィちゃんお花好きでしょ？　ねえ、フレデリック」

もうと首をさすりながらアルフォンスがフレデリックに顔を向けた。フレデリックは、冷めた目で私を一瞥《いちべつ》した後、今日何度目となるかも分からないため息を零してみせた。

「このヘタレ様は、奥様に花を贈《おく》ったことがないのでございます」

「はぁぁあ!?」

アルフォンスの大声に道行く人々が訝《いぶか》しむように振り返る。

静かにしろ、と窘《たしな》めるがアルフォンスは開いた口がふさがらないようだった。しかもフレデリックが更に追撃《ついげき》をかます。

「それどころかこれまで贈ったものといえば、ドレス一着だけでございます」

「嘘《うそ》、でしょ……え、嘘……」

まるで未知の生命体を見るかのような目をアルフォンスが私に向ける。

「違《ちが》う！　花は！　花は贈ろうとしたんだ！」

「意訳しますと、普段《ふだん》の行いが悪すぎて『最低なお前にくれてやる花はねえ！』と庭師に言われて花束を作ってもらえなかったのでございます」

「お前は誰《だれ》の味方なんだ！　私をフォローする気はないのか！」

「こんなヘタレ野郎《やろう》をフォローする気なんて僕にはサラサラないですよ。旦那様がヘタレのせいで、僕が愛《いと》しのエルサに文句を言われるんですからね」

　フレデリックは舌打ちまでして私を睨みつけてくる。

「うわっ、え、何？　釣《つ》った魚には餌《えさ》をあげないタイプ？」

「いえ、奥様は物欲というものが皆無《かいむ》に近く、プレゼントを渡すと逆に過ぎたることだと困ってしまわれるのです。『何か欲《ほ》しいものはないか』と馬鹿正直に旦那様が尋ねた折に『今のままで充分です。何もいりません』と奥様にはっきり答えられてしり込みしているのです。とはいえ僕らとしては、ドレスやアクセサリーの類ではなく、お花やお菓子《かし》なら奥様も喜んで下さると分析《ぶんせき》しております。ですのでそうおすすめしているのですが、ヘタレが過ぎて渡せないのです。先月、買い求めたサファイアのネックレスもいまだ、デスクの引き出しにしまったままなのですよ、このヘタレは」

　フレデリックが主を「ヘタレ」と呼ぶことに躊躇いがなさすぎる。

「リリィちゃんの引っ込み思案《じあん》と君のヘタレが悪いほうに相互《そうご》作用を起こしているわけだね」

「まあ、そうなりますね」

　しれっとフレデリックは頷いた。

「よし、分かった。僕からのお見舞いはお菓子にするから、君はここで素敵《すてき》な花束を作ってもらって、今日、これからすぐに渡すんだ」

「だ、だが、いらないと言われたり、困らせてしまったりしたら……」

「うるさい。その時はその時だよ！　すみませーん、すごく可憐で月の女神《めがみ》みたいなご婦人に似合う花束を一つ、お願いできるかな。ちなみにこの男の奥さんなんだけど。あ、カドック、いつものところで、お菓子の詰め合わせを買って来てね」

私の言葉を一蹴《いっしゅう》し、途中《とちゅう》、振り返ってカドックにお菓子を頼み、ずかずかと花屋に入っていくアルフォンスの背を慌てて追いかける。

店員のまだ少女と言ってもいいだろう女性が、私に気付いて慌てて姿勢を正して頭を下げた。英雄《えいゆう》として有名な私のことは、たいがいの人間が知っている。一方のアルフォンスは、王太子の時と普段で雰囲気《ふんいき》が違いすぎる上、まさか一国の王太子が当たり前のように市井《しせい》にいるなんて誰も思わないのか正体がバレることのほうが少ない。

「いらっしゃいませ、花束ですね。ええと、スプリングフィールド侯爵様の奥様ですから、噂《うわさ》の侯爵夫人でよろしいですか？」

おどおどしながら店員が言った。

「噂？」

訝しむように首を傾げる。

「あ、悪い噂ではなくて、あのっ、孤児院にいらした姿を見た人たちが、まるで月の女神のように美しい方だったたって。孤児院の子どもたちも、女神様みたいに綺麗《きれい》で優しい人だったと言うものですから、そう噂になっているのです。それに侯爵夫人がバザーに寄付してくださる刺繍入りの作品は、大人気なんですよ」

「ふっ、確かに私の妻はそれはそれは美人で可憐で可愛くて、その上、人としても優《すぐ》れていて慈愛《じあい》に満ちた月の女神と呼ぶに相応《ふさわ》しいんだ。刺繍の腕前もそれはそれは立派で素晴《すば》らしいものだ」

妻が褒《ほ》められて喜ばない夫はいない。これが男の言うことだったらイラっとするが相手は、まだ少女だ。

「はいはい、惚気《のろけ》はいいから、花束ね。ほら、どんなのがいいの？」

アルフォンスに脇《わき》を小突《こづ》かれ、はっと我に返る。

狭《せま》い店内は、それでも色とりどりの花で溢《あふ》れている。秋口だからか、暖色系の花が多い。

「あまり派手な色合いは好まないんだ。繊細《せんさい》で可憐な雰囲気がいい。束もあまり大きすぎないようにしてくれ」

ふむふむと少女が頷く。

ふと、私は一輪の薔薇《ばら》が目に留まって、それを指差す。

「この薄《うす》いピンクの薔薇とクリーム色の薔薇をメインにしてくれ。あとは君に頼む」

少女が「分かりました」と頷いて、薔薇を手に取り、他の花や葉を選んでいく。

「そこは深紅《しんく》の薔薇じゃないの？」

「いや、リリアーナは薔薇が一番好きなんだが、深紅の薔薇はあまり好まないんだ」

首を傾げたアルフォンスに私は答える。

「そういうことはちゃんと分かってるんだねぇ」

「どういう意味だ」

「何でもないよ。ほら、リボンの色はどうするの？　包み紙は？」

「あ、ああ。うっ、色んな色があるな、どれも似合いそうだ……」

アルフォンスに促《うなが》され、カウンターの奥の棚《たな》にずらりと並ぶリボンに頭を悩ませるのだった。

アリアナさんが用意してくれたレモネードでほど良く体が温まり、エルサが用意してくれた香り袋の効果もあってか、少し眠《ねむ》っただけなのに随分と体がすっきりしました。

ランチをいただいて、エルサの許可も出たので、旦那様のハンカチに刺繍を開始します。

旦那様が買って下さった裁縫箱《さいほうばこ》は、毎日活躍《かつやく》中です。

私の向かいのソファでは、エルサとアリアナさんも黙々《もくもく》と刺繍を刺し、小物づくりをしています。テーブルの上には、端切《はぎ》れやリボン、飾《かざ》りボタンなどが広げられています。

侯爵家が運営する孤児院に寄贈《きぞう》する品を作成してくれているのです。

「……こっちの色とこっちの色、どちらが合うでしょうか」

私は糸の束を二つ取り出して、ハンカチに当てながら二人に尋ねます。

「私は右のほうがいいかと」

「私もです！」

「なら、こっちにしましょう」

少し緑の混じった青い糸に決定して、もう片方は裁縫箱に戻します。

時折、他愛ない話をしながら手を進めていきます。エルサは、どうやらまた夫のフレデリックさんと痴話《ちわ》げんかをしたようで、私への「忠告」と言いながらフレデリックさんへの惚気のような文句を口にしていました。

「ふふっ、相変わらず仲がいいですね」

「奥様、私は仲の良《よ》し悪《あ》しはお話ししておりません」

むっとするエルサも可愛いです。アリアナさんが、肩を震《ふる》わせながら懸命《けんめい》に噴《ふ》き出《だ》すのをこらえています。ごくんとアリアナさんは、何かを飲み込んで口を開きます。

「でも、エルサのチョコを食べてしまってフレデリックは、代わりにもっと美味《おい》しいチョコを買って下さったのですよね？　ネックレスまでつけて！　私も奥様と同じくお二人は仲が良いと思います！」

アリアナさんが、力強く頷きました。

「いいえ、アリアナ。確かに素敵なネックレスでした。ですが、物で誤魔化《ごまか》されてはいけないというお話を私は申し上げているのです」

私はそのネックレスをエルサがお休みの日に必ず身に着けているのを知っているので、微笑ましい気持ちでいっぱいです。

「あ、そろそろお茶の時間になりますよ。一度、休憩《きゅうけい》いたしましょう」

アリアナさんの言葉にエルサも時間を確認《かくにん》して「そうですね」と頷きました。

私も針をハンカチに刺して裁縫箱の中にしまいます。エルサとアリアナさんもささっとテーブルの上を片付けていきます。

その時、コンコンと控えめなノックの音が聞こえてきました。すぐにエルサが応対に向かいます。顔を出したのは、アーサーさんでした。

エルサは、ぱちりと目を瞬かせて私を振り返ります。

「旦那様がお帰りになったそうです」

「旦那様が？」

思わず部屋の柱時計を振り返ります。まだお茶の時間で、いつもの帰宅よりとても早いです。

「何かお怪我でもなさったのでしょうか？」

記憶喪失になった時のことを思い出して不安になってしまいます。するとアーサーさんが首を横に振りました。

「いえ、警邏中にアルフォンス王太子殿下《でんか》が奥様のお見舞いにとのことで、立ち寄られたようでございます」

「お怪我ではないのですね……ああ、でも、殿下が」

私はほっと胸を撫で下《お》ろしますが、アルフォンス様がいらしたという事実に慌てます。

「応接間で旦那様とお待ちですから、そう慌てずとも大丈夫でございます。仕度《したく》が出来次《し》第《だい》、どうぞいらして下さいませ」

そう言ってアーサーさんは、頭を下げると去っていきました。

急いで殿下の前に出ても恥《は》ずかしくないようにエルサとアリアナさんに身仕度《みじたく》を整えてもらい、エルサとアリアナさんと共に客間へ向かいます。

ドアの前にいたメイドさんがドアを開けてくれて、中へと入ります。

「やあ、リリィちゃん、久しぶりだね」

顔を上げたアルフォンス様がにこりと目を細めました。

騎士服姿のアルフォンス様は、以前とお変わりない様子でした。

王太子殿下という身分に相応しい威厳《いげん》や気品を兼ね備《そな》えた方ですが、とても優しく気さくで、私にも「アルフ」と呼ぶようにと言って下さいます。

「お久しぶりです、アルフ様」

できるだけ丁寧《ていねい》に挨拶をします。

「リリアーナ、変わりはないかい？」

アルフォンス様の向かいのソファに腰かけていた旦那様が立ち上がり、私のもとへやって来ます。

「はい、旦那様。午前中、少し横になって休みましたので大分すっきりいたしました」

「……確かに朝よりは顔色もいい」

旦那様がほっとしたように頬を緩《ゆる》めました。やはり心配をかけてしまうのは、心苦しいです。

視線を逸らした先で、見知らぬ騎士様がアルフォンス様の後ろに控えているのに気が付きました。大柄《おおがら》で左目の上には縦に走る傷跡《きずあと》があります。

「ああ、彼はアルフォンスの護衛でカドック・デルヴィーニュ騎士爵《きししゃく》だ」

旦那様がそう紹介《しょうかい》して下さいました。カドック様が、ソファの横に出てきて丁寧にお辞儀《じぎ》をして下さいます。

「初めまして、私はリリアーナ・ドゥ・ルーサーフォードと申します」

私も淑女《しゅくじょ》の礼と共に挨拶を返します。

けれど、カドック様からお返事はなく、何か失礼があったのかと不安になりました。

「カドックは、昔、僕を庇《かば》って喉を怪我してしまってね、喋《しゃべ》れないんだよ」

「まあ……そうなのですね」

アルフォンス様の言葉にカドック様がどこか申し訳なさそうに頭を下げました。なんと なく謝られているような気がして首を横に振りました。

「気になさらないで下さいまし、私も喋ることはあまり得意ではなくて……もし、何か用がありましたら私の手のひらに文字を書いて下さいませ」

私はカドック様に手のひらを上にして手を差し出しました。カドック様は、驚《おどろ》いたように目を瞬かせると旦那様に顔を向けました。旦那様が頷くと、カドック様は私の手を取り、節くれだった長い指で文字を書きました。

『おあい　できて　うれしい　です』

「ありがとうございます。私もです。これでお話しができますね」

ゆっくりと丁寧に書いて下さったので、私でもきちんと理解することができました。

カドック様は、優しく微笑んで嬉しそうに頷いて下さいました。

「と、ところでリリアーナ」

少し上ずった声で旦那様が私を呼びます。

どうしたのかと首を傾げると、突然、目の前に可愛らしい花束が差し出されました。

「き、君は花が好きだろう？　だから、少しでも気分が晴れればと思って、これを君に」

ぱちぱちと目を瞬かせて、私が旦那様の言葉を理解しようとしている間にエルサが私の手を取り、アリアナさんが花束を握《にぎ》らせます。はっと我に返って旦那様を見上げます。

「わ、私に、ですか？」

「ああ、君にだ」

旦那様がぶんぶんと首を縦に振りました。

胸にじわりと温かなものが広がっていくのを感じながら、私は花束に視線を落とします。

少しくすんだ濃い緑色と白の綺麗な包装紙に包まれ、ライラック色のリボンが掛けられた花束は、とても可憐です。淡《あわ》いピンク色の薔薇と優しいクリーム色の薔薇をメインに、カスミ草やアイビー、フリージアがとても可愛らしい花束です。鼻先を近づければ、薔薇からは甘く優しい香りがします。

それを吸い込めば、胸いっぱいに幸せが満ちるようでした。

「ありがとうございます、とても嬉しいです」

勝手に笑みが零れてしまいます。

胸がふわふわドキドキして、同時に切なさにきゅーっとします。私の好きなお花を覚えていて、こうして花束にして下さったこともちろん嬉しいのですが、私を想《おも》ってお花を用意してくれたことが何よりも私を幸福にしてくれます。

「アリアナさん、お花がしおれないようにすぐに水切りをお願いしてもいいですか？」

「もちろんです、奥様！」

本当はずーっと見ていたいですが、お花がしおれては可哀想《かわいそう》ですし、もったいないです。私のお願いにアリアナさんは、心強く頷いて丁寧に花束を受け取ると一礼して応接間を出て行きました。

「ねえ、エルサ。どこに飾ろうかしら。眠る時までずっと見ていたいです」

「でしたら、二束に分けてお部屋と寝室に飾られるとよろしいかと」

「それがいいです。あとでお願いできますか？」

「もちろんでございます、良かったですね、奥様」

エルサが優しく微笑んでくれ、私も緩む頬を両手で押さえながら「はい」と頷きました。

「奥様、旦那様が忘れ物を執務室《しつむしつ》に探しに行くついでに顔を洗いたいとのことですので、いったん失礼いたします」

いつもの発作《ほっさ》が起きているのか、両手で顔を覆《おお》って天を仰《あお》いでいる旦那様を横目にフレデリックさんが言いました。この発作は心配しなくていいものだと皆さんに言われていますし、元気な時ほどよくこうなっているので、お元気そうで安心です。

「分かりました。……あ」

私は、旦那様とフレデリックさんを見送り、はっとアルフォンス様とカドック様の存在を思い出します。カドック様はいつの間にかアルフォンス様の背後に戻っていました。

「も、申し訳ありません、お客様をお待たせしてしまうなんてっ」

なんと失礼なことをと慌てる私を他所《よそ》にアルフォンス様は、優しく微笑んで首を横に振りました。

「ふふっ、親友とその奥さんが仲睦《むつ》まじいと僕も嬉しいよ、ウィルも花屋で君にはどの色が似合うかって随分と悩んでいたからね」

その言葉がますます私を喜ばせてくれます。王太子殿下の前なのですから、もっと表情を引き締めなければと気合を入れますが、うまくいきません。

「ふふっ、まあまあ、座ってお話ししようよ」

「そ、それもそうですね、失礼いたします」

座ることさえうっかりしていたなんて少々恥ずかしいです。アルフォンス様に促され、先ほどまで旦那様が座っていたソファに腰かけます。

するとすぐに待機していたメイドさんたちが目の前のテーブルにお茶の仕度を調《ととの》えてくれました。今日のお菓子は、美味《おい》しそうなモンブランです。

紅茶に口をつければ、ふわりとリンゴの香りがしました。

「本当はウィルの騎士団での様子を面白《おもしろ》おかしく話してあげたいんだけど、時間は限られているし、ウィルが戻ってくる前に君に話したいことがあるんだ」

そう言ってアルフォンス様がティーカップをソーサーに戻しました。

「ウィリアムが記憶喪失になる前、長期の視察から帰って来たら様子がおかしかったって話を前にしたでしょう？」

「はい、初めてお会いした時に。何か分かったのですか？」

急なことに驚きましたが、それは以前、アルフォンス様が調べてみると約束して下さっていた事柄《ことがら》でした。

「そう言いたいところなんだけど。何分、遠いところだからまだ確実な証拠《しょうこ》はないんだよ。でも、大事な鍵《かぎ》となるだろうことは分かったよ」

そう言ってアルフォンス様は、一度言葉を切りました。紅茶を飲んで、ふぅ、と息を吐《は》き出すと改めて話し始めます。

「同行した騎士たちの話をまとめたところによれば、ウィルは、山間の村で逗留《とうりゅう》中に休憩時間に新入りくんを連れてふらっと散歩に出かけたんだって。自然災害の多いところだから、新入りくんに危険な箇所《かしょ》や傾向《けいこう》を教えるのと見回りも兼ねていたんだろうね。それで、通りがかった家の庭先で洗濯物《せんたくもの》を干す女性がいて、その人を見た途端《とたん》、ウィルは様子がおかしくなったらしいんだ。それまでは普段通りだったのに、急に一言も喋らなくなって基地まで戻ったんだって。それでその後、仕事以外では一切、外には出なかったらし

い」

「女性……」

真っ先に思い浮かんだのは、とある女性でした。まさか、と否定する気持ちもありましたが、なぜか、確信めいた自信のようなものがあります。

「……もしかして、元婚約者の？」

私がおそるおそる口にした言葉に息を呑《の》む音がいくつも聞こえてきました。アルフォンス様だけが、変わらず私をじっと見つめています。

旦那様に婚約者がいたことは私も知っています。

庭師のジャマルおじいさんが、うっかり口を滑《すべ》らせなければ私も旦那様も知ることはなかった存在です。侯爵家の使用人の皆さんの誰もが口にしようとしません。

「リリィちゃんは、知ってるんだね。彼女のこと」

「はい。とはいっても詳《くわ》しくは知らないのですが……」

私が知っているのは、旦那様が戦争に行く前に両家の親の間で決められた婚約だということ。侯爵家のご令嬢《れいじょう》だったこと。戦争が終わって旦那様が帰って来た時に女性側が何らかの問題を起こして、破談になったことくらいです。

「ですが、以前、庭師のおじいさんが、うっかりそのことを口にしてしまった時、旦那様は酷い頭痛を起こして倒れてしまったのです。モーガン先生によれば、思い出したくない記憶を拒絶《きょぜつ》したのではないかと」

「そっか……」

アルフォンス様は、何かを考え込むように顎《あご》に手を添えて、ソファに身を預けます。

「新人くんが言うには、会話とかはしていないようだし、向こうはウィルに気付いていなかったって。でも、特徴《とくちょう》から言って、元婚約者のロクサリーヌで間違いないよ」

名前が付くだけで、曖昧だった存在がはっきりとした輪郭《りんかく》を持ちます。

ロクサリーヌ様、と口の中でその名前を呟くと、心が不安とも恐怖《きょうふ》とも少し違うような感情にざわりと揺《ゆ》れました。

「破談後、彼女は遠方の田舎《いなか》の商家に嫁《とつ》いだ。詳しい場所は僕も教えてもらえなかったから、まさか僕も視察先にいるとは知らなかったんだ。それはウィルも同じだと思うよ」

「そうなのですか……。一体、旦那様に何があったのでしょう」

「僕が覚えている限りだと、帰って来たウィルは苛々《いらいら》して思い悩んでいるようだった。彼女の姿に何か思ったことは間違いないだろうけど、これればかりは本人に聞かないと、正確な答えは分からないんだよね」

困ったね、と苦笑《くしょう》を零して、アルフォンス様はモンブランを切り分けて口へ運びます。

お口に合ったのか、表情が幾分和《いくぶんやわ》らいでもう一口運ばれていきます。

その様子を眺《なが》めながら、旦那様に一体、何があったのかと考えてしまいます。

何らかの心理的な変化があって、モーガン先生が言うように「忘れたい」と願ってしまったことは間違いないのでしょう。ですが、旦那様の記憶がない今、その時の本人の気持ちが分からない以上、私たちが正解を導き出すことは難しいことです。

かといって、旦那様に伝えるのも違うような気がします。モーガン先生も無理に記憶を揺さぶるのは良くないと言っていました。記憶を失《な》くしたい、忘れたいと願う原因について話すのはまだ時期尚早《しょうそう》な気がするのです。

「……リリィちゃん。ウィリアムとロクサリーヌの間にあったこと、知りたい？」

ふいにアルフォンス様が静かに告げました。

広く果てなどない空と同じ色の瞳が、じっと私を見つめています。私の全てを見透《みす》かしているような、私を試《ため》しているような、自然と背筋が伸《の》びる眼差《まなざ》しでした。

私は、少しだけ考えた後、首を横に振りました。

「私は、旦那様の口から聞きたいです。旦那様の記憶が戻らない限りは不可能ですし、いつになるかは分からないですが、それでも旦那様から聞きたいです」

アルフォンス様は、ぱちりと目を瞬かせると、ふわりとした笑みを零しました。

「なら僕は何も言わないよ。ああ、でもウィルが見たのが本当に彼女なのかはきちんと調べておくからね」

どこか嬉しそうに言って、アルフォンス様は最後の一口になったモンブランをフォークに乗せました。

「リリィちゃん、変わったね」

「私が、ですか？」

「うん。良い方向に変わったよ」

そう言われて、ふと食べかけのモンブランが目に留まりました。

人前で食べたり、飲んだりすることが、怖《こわ》いと感じてしまうほど苦手でした。

けれど私は今、王太子殿下であるアルフォンス様の前でも臆《おく》することなくできています。

もちろんアルフォンス様の優しい人柄《ひとがら》のおかげでもありますが、それだけではないことも分かっています。

「……そう感じていただけたのなら、ここにいるエルサやアーサーさんをはじめとした侯爵家の皆さんと、旦那様の優しさのおかげです」

「ふふっ、そっか」

アルフォンス様は満足そうに笑って下さいました。

「ああ、そういえば寝込んだって聞いたよ。大丈夫かい？　今日も少し顔色が悪いよ」

「ご心配、ありがとうございます。季節の変わり目はどうしても体調を崩《くず》してしまうのですが、もう大丈夫です。今日は、昨夜、少し夜更《よふ》かしをしてしまったので」

「むー、小説とかに夢中になったっていうより、もしかしてウィルには言えない悩み事かな？」

思わず私の肩が跳《は》ねてしまいました。アルフォンス様が「ありゃ？　図星かな」といたずらが成功した子どもみたいに言いました。人の機微に鋭《するど》いところも相変わらずです。

ですが、おいそれと家のことを人様に話すことはできません。アルフォンス様は信用のおける方ですが、身分は王族です。余計に家の中のことを言うのは躊躇われました。

「……んー、まあ、僕に言えないならそれはそれでかまわないんだけどさ」

言葉を探す私にアルフォンス様は、そう言って肩を竦《すく》めました。

「でもどうしてウィルには相談しないの？　心配をかけたくない？」

その言葉にこくりと頷きました。

「お仕事もありますし、記憶喪失のことでも大変ですのに、私の個人的なことを相談するのは憚《はばか》られて……それでなくとも最近は風邪で寝込んだりとご迷惑をかけてばかりですし」

「それは違うよ、リリィちゃん」

アルフォンス様は、きっぱりと言い切りました。

「僕だったら、僕の知らないところで大切な人が悩んでいて何の力にもなれなかったら悔《くや》しいし、悲しいよ。もしリリィちゃんが逆の立場だったら、どう？　迷惑に思う？」

そう言われて私は、はっとしました。

もし旦那様が何かに悩んでいて私に相談して下さったとしたら、私はとても嬉しく、誇《ほこ》らしく思うことはあれど、迷惑だとは思いません。逆に内緒にされて、人づてに聞いたり、解決してから聞かされたりしたら、そう考えただけで寂《さび》しいことに気付きました。

それに何より私を大切にして下さっている旦那様を信じていないことにもなるのではないでしょうか。

「大切な人にはきちんと伝えたほうが良いよ。それにウィルだったら、全身全霊《ぜんしんぜんれい》で君の力になってくれるよ。そうでしょう？」

「……はい。危《あや》うく旦那様への信頼《しんらい》を自分で傷付けてしまうところでした。ありがとうございます、アルフ様」

「どういたしまして。それにしてもウィル戻って来ないねぇ」

ふふっと笑ってアルフォンス様がドアのほうを見ますが、旦那様はまだ戻られる様子がありません。

「よーし、ウィルが戻ってくるまで、ウィルと僕との思い出を教えてあげるよ！」

キラキラと眩《まばゆ》い笑顔を浮かべて、アルフォンス様が言いました。

「まあ、本当ですか？　嬉しいです」

なかなか使用人の皆さん以外から旦那様のお話を聞く機会はありませんので、ついつい嬉しくなってしまいます。

いくらでも話してあげるよ、と笑ったアルフォンス様は、宣言通り旦那様が戻ってくるまで、日々の様子をあれこれと教えて下さいました。

旦那様が戻られたのは、旦那様が学生時代に少々やんちゃをしていた頃のお話を聞いていた時でした。

「アル！　またお前は余計なことを話したな！」

「余計なことじゃないよ。君がいかに人望のある優秀《ゆうしゅう》な生徒だったかをリリィちゃんに教えてあげていただけだよ。ねー」

「はい。子犬を保護されたお話も聞かせていただきました、やっぱり旦那様は優しい方なのですね」

尊敬の念を込めて隣に座られた旦那様を見上げると、旦那様は耳を赤くしながら照れてしまわれました。謙虚《けんきょ》なところも旦那様の長所だと私は思います。

「さてさて、そろそろ戻ろうか」

「待て、まだ私はモンブランを食べていないだろうが」

「君がいつまでも顔を洗っているからだろう？」

言いながらアルフォンス様が立ち上がります。私もお見送りをしようと立ち上がりました。カドック様がアルフォンス様の肩にマントを掛けます。

「リリィちゃん」

「はい」

小声で呼ばれて近寄ります。旦那様は、一生懸命モンブランを食べています。

「僕も見守っていてあげるから、ウィルに相談があるから時間が欲しいって言ってごらん。確かに忙しいやつだから、約束は早めに取りつけたほうがいいよ」

「殿下の言う通りですよ、奥様。万が一、旦那様が嫌《いや》だと言ったら私と殿下とフレデリックでとっちめてやりますからね」

エルサまでそんなことを言います。

ですが確かに二人の言う通りなのは間違いありません。これ以上、旦那様に心配や迷惑をかけたくはありませんでした。

振り返ると旦那様は、モンブランを食べ終えて紅茶を飲んでいるところでした。紅茶のカップが置かれたのを見計らい、私は旦那様に声を掛けます。

「だ、旦那様」

「ん？　なんだい、リリアーナ」

旦那様が顔を上げて首を傾げます。私は胸の前で両手を握り締め、愛するセドリックの笑顔を心に思い浮かべて口を開きます。

「だ、旦那様の都合が良い時でいいのですが、あのっ、ご相談がありまして、お時間を頂ければと……っ」

「もちろんだよ、リリアーナ！　今夜にでも時間を作るから、待っていてくれ」

ぱっと顔を輝《かがや》かせた旦那様は嬉しそうに言って下さいました。その笑顔に私は安堵《あんど》の息を漏らして、お礼を言いました。

「ふふっ、よく言えました。良い子のリリィちゃんにはご褒美《ほうび》をあげよう」

そう言ってアルフォンス様が私の両手から少しはみ出るくらいの大きさの可愛らしい紙の箱を載《の》せました。茶色のリボンが掛けられていて、甘い香りがします。

「町で人気のお店のマシュマロだよ。すごく美味しいから、エルサたちと食べてね」

そう言ってカドック様に声を掛け、アルフォンス様は颯爽《さっそう》と去っていきます。私が慌ててその背中にお礼を言うと、振り返ったアルフォンス様は、ウィンクと一緒に唇《くちびる》に指先を当てて投げキスを披露《ひろう》していかれました。たまたま通りかかったメイドさんが二人、顔を真っ赤にしてぽーっとしています。

「ほ、本物の王子様はすごいですね……」

ドキドキするよりも、まるで小説の中の王子様のような振る舞いに感動してしまいます。

「旦那様にも見習っていただきたいスマートさですね」

エルサも感心したように言いました。

「リリアーナ！　私だって投げキスくらいできる！」

「い、いいえ、旦那様はそのようなことをなさらないで下さいませ」

私は慌てて首を横に振ります。

「旦那様がそんな格好いいことをなさったら、私の心臓が止まってしまいます」

想像しただけで頬が熱くなって大変です。

「うっ、かわいいっ」

「旦那様、顔を洗ったばかりです。シャキッとして下さい。それにそろそろ仕事に戻りませんとディナーまでに帰ってこられませんよ」

フレデリックさんが淡々《たんたん》と告げると、旦那様が我を取り戻します。

「すまない、行かなければ。……リリアーナ、どんな相談内容でも私は君が笑顔になれるよう努力するから、あまり思い悩まないで待っていてくれ」

大きな手が私の頬に触れ、唇が額に落とされました。

真っ赤になって固まる私を見て、旦那様は満足げに笑うと「行ってくる」と告げてフレデリックさんの渡すマントを羽織りながら去っていきます。

「奥様？　大丈夫ですか？」

「は、はい。大丈夫です」

エルサの声に慌てて顔を上げます。部屋に戻りましょうか、と言うエルサに頷いて彼女と共に自室へと足を向けます。

「良かったですね、奥様。旦那様は必ず力になって下さいますよ」

「はい」

旦那様の優しい言葉がじわじわと私の心の内側にしみ込んでいきます。それだけで不安が少しだけ軽くなったのを感じます。

ドキドキして嬉しくて、でもどうしてこんなにも切なくなるのでしょう。旦那様に対するこの感情がどうしてか姿を変え始めているような気がするのです。それは嬉しくもあり、切なくもあるのです。

そして同時にロクサリーヌ様のことが頭をよぎりました。

「……ロクサリーヌ様」旦那様は、何を想ったのかしら。

私は、口の中だけでぽつりと呟きました。聞こえるように音にしてしまったら、きっとエルサが困ってしまいます。

ジャマルおじいさんがその存在を口にしてしまい旦那様が倒れた時、エルサが最低限のことだけ私に教えてくれました。ですがそれ以降、一切、その存在を誰かが口にしたことはありません。

間違いなく、旦那様の記憶喪失になった原因を握る存在であるのに、誰も何も言わないのです。

旦那様は記憶を取り戻したいと願っておられます。私も、旦那様が望む形になれば良いと願っています。

ですが、侯爵家の皆さんは、口にこそしないものの忘れたままでいてほしいと願っているような気がするのです。きっと、ロクサリーヌ様との婚約破棄《はき》の件で女性嫌《ぎら》いになって、変わってしまった旦那様が、記憶喪失になって彼らのよく知る旦那様に戻ったからです。

ですが、私もその気持ちが分かるのです。

真実を何一つ知らない私ですが、それでもあの日、旦那様が苦しんで倒れた姿は記憶に焼き付いています。それほどまでに旦那様の中に大きな傷があるということなのです。

それを無理やりに抉《えぐ》るようなことだけは、私は絶対にしたくありません。

旦那様が私に笑っていてほしいと願って下さるように、私も旦那様には、笑顔でいてほしいのです。

私はアルフォンス様が下さったお菓子の箱を潰《つぶ》れないようにしながらぎゅうと抱《だ》き締めました。

私の内に宿り成長し始めた複雑なあの感情が、なぜか少しだけ怖いと感じたのでした。

旦那様は約束通り二人きりで話ができる時間をディナーの後に作ってくれました。

いつも通り、私の部屋のソファに並んで座ります。

「私に相談したいこととは、なんだい？」

いざとなるとやっぱり緊張《きんちょう》してしまいます。

どこから話そうかと言葉を詰まらせると「ゆっくりでいいよ」と旦那様の手が私の手に重ねられました。その温《ぬく》もりだけで、とても安心します。

「じ、実は旦那様にご相談というのは……セドリックのことなのですが」

顔を上げれば、青い瞳が私を見つめていて、じっと言葉の先を待っていてくれます。

私は、セドリックの手紙が途絶《とだ》えたことを旦那様にお話ししました。

「風邪を引いて寝込んでいるのか、それとも何かあったのかと思うと心配で。お父様やお継母《かあ》様が、セドリックに何か、酷いことを、た、例えば私にしたようなことをして、セドリックは手紙を出せないのでは、と……っ」

考えただけで不安に胸が押し潰されそうです。

「それで昨夜は、眠れなかったのです」

「いや、セドリックを心配する君の心を想えば仕方のないことだ。話してくれてありがとう。実家のことを思い出したり、話したりするのは勇気が要《い》るのに」

大きな手が優しく私の手を撫でます。

「伯爵夫妻は、セドリックにはどういう態度だったか聞いても？」

躊躇いがちに旦那様が尋ねてきます。

「興味がないようでした」

「興味が、ない？　実の子だろう？」

「はい。伯爵家の跡取《あとと》りとしての認識《にんしき》はありますが、勉強や剣術《けんじゅつ》の成果を褒められたことはなく、失敗を叱《しか》られるだけだとあの子は言っていました。あの子が甘えられるのは私だけだったのです」

「そうか……正直な話、私は君を虐《しいた》げた伯爵夫妻を信用はできないよ。だから、セドリックについてはすぐにでも様子を明らかにしたほうがいい」

「で、でもどうやって……」

「一番、簡単な方法は会いに行くことだ」

父と継母《ままはは》の顔が脳裏《のうり》をよぎって、血の気が引いていきました。慌てた旦那様が「リリアーナ」と私を呼ぶ声に応えようとしても、舌がもつれてうまく唇が動かせません。返事の代わりに旦那様の手を強く握り返します。

「すまない、迂闊《うかつ》だった」

ふるふると首を横に振ると、そっと抱き寄せられました。力強い腕の中は、酷く安心できる場所です。爽《さわ》やかなコロンの香りにだんだんと感覚が戻ってきました。

「も、もう大丈夫だと思っていたのですが……っ、すみません、旦那様」

ほんの少し取り戻した自信が離《はな》れていってしまいました。思い出すだけで、動けなくなる自分が情けないです。

「一番簡単な方法は会いに行くことだが、セドリックだけを侯爵家に呼ぶことも私は考えているんだ」

「セドリックを、ですか？」

「ああ。優秀だと噂の伯爵家の後継《あとつ》ぎに会ってみたいとか、義理の弟を見たいとか理由はいくらでも作れる。だが、これは伯爵の許可が下りないとどうにもならない。セドリックはまだ九歳の幼い子どもだからね……実は、何度か打診《だしん》はしているんだ」

予想外の言葉に私は思わず顔を上げました。苦笑を浮かべた旦那様が、小さく肩を竦めます。

「君がセドリックを想う気持ちを知って、会わせてやりたいと思った。それに私も会ってみたい。何度か伯爵には手紙を出しているんだが、いつものらりくらりと躱《かわ》されてしまってね」

旦那様の手が私の頬に掛かっていた髪《かみ》をそっと耳に掛けてくれます。

「リリアーナ、一人で強くなる必要はない。さっきも言ったが、君はスプリングフィールド侯爵夫人だ。君の傍には、私もエルサもアリアナも、他にもたくさんいる。私に君がいて、フレデリックやアルフォンスがいるようにね」

そう言った旦那様の顔が近づいて来て、額に唇が落とされます。

「リリアーナ」

低く甘やかな声が私を呼びます。

「私は、何度でも言葉にするよ。君を守ると。相手が誰であっても、どこにいても私が必ず君を守る。それに、君は私の妻だ。家格も身分も、人間としての器《うつわ》も何もかも、彼らが敵《かな》う相手ではない。もう彼らを怖がる必要はないんだよ」

あやすように撫でられる背中から、安心がじんわりと広がっていきます。

「それにか弱い君を虐げて、それで威張《いば》っている人間なんて傍《はた》から見れば器の小さな哀《あわ》れな生き物だよ。私はね、君が心の内を打ち明けてくれた時、自分がどれほど鞭《むち》で打たれようとそれでもセドリックが無事ならばいいと言った君を強く、美しい人だと思った」

旦那様の言葉に首を横に振ります。

「私がセドリックにしてあげられることが、それくらいしかなかったのです……」

「自分の身を犠牲《ぎせい》にして、誰かを護《まも》ることはとても大変で、難しいことだよ。……でも、今はもう君は一人じゃない。君のことも、セドリックのことも、君が大切に想うものは全て、私が守るよ」

力強い眼差しと額に触れた柔《やわ》らかい唇の感触《かんしょく》に頬が一気に熱を帯びます。美しい青い瞳に私の情けない顔が映っています。

「もし、伯爵家に行くことになったら必ず私も一緒だ。訪問は、直前に先ぶれでも出して断る隙を与えなければいいんだ。だから、君の心が決まったら教えてくれ」

「……ありがとうございます、旦那様」

「どういたしまして、リリアーナ……ところで、もうしばらく抱き締めていてもいいかい？　こうやって君を抱き締めていると癒《いや》される」

ぎゅうと抱き締められて髪にキスが落とされます。恥ずかしくて、嬉しくて、胸がドキドキと騒《さわ》がしくなります。不安だった気持ちがじわじわと溶《と》けていくのを感じながら、私はそっと旦那様の胸に頰を寄せました。

とくん、とくんと鳴る心臓の音を聞きながら、セドリックに思いを馳《は》せます。

セドリックに会いたい。そう願うのと同時に、私を鞭打つ継母の微笑みや父の怖い顔を思い出して、心が冷たい氷に覆われそうになるのです。

それにもう一つ、怖いことがあるのです。私の抱《かか》える秘密を両親や異母姉《あね》が旦那様に喋ってしまわないかという恐怖です。自分の左手が秘密が隠《かく》された鳩尾を押さえます。

きっと、旦那様が記憶喪失になる以前ならば、秘密を知られて嫌われたとしても、それほど悲しむことも、苦しむこともなかったでしょう。

でも今は違います。旦那様の優しさを知り、力強い腕の中が安心できる居場所だと知ってしまった今、秘密を知られて嫌われてしまったらと考えるとそれだけで涙《なみだ》が出そうになります。きっともうこんな風に抱き締めてなどもらえなくなってしまうと考えただけで、情けなくも縋《すが》ってしまいそうになります。嫌われることには慣れていたはずなのに、どうしてでしょうか。

自分の弱さにますます自分が嫌いになってしまいそうで、ぎゅうと目を閉じました。瞼《まぶた》の裏でセドリックが無邪気《むじゃき》に笑っています。

あの笑顔をもう一度見るために、どうすれば旦那様の言うように強くなれるのかと考えている内にだんだんと意識がぼんやりしてきました。

「寝不足なんだろう？　私が運ぶから眠っていいよ」

穏《おだ》やかな声が降ってきて、優しく髪を撫でられます。それだけで心がふわふわとして瞼がますます重くなってきます。

そして、私は結局、旦那様に抱き締められたまま眠ってしまったのでした。

私の腕の中で眠ってしまった彼女をそっと寝室へと運ぶ。あどけない寝顔は愛らしいが、目元には僅《わず》かに隈《くま》が浮かんでいる。

ベッドに寝かせて毛布を掛ける。まだドレス姿だが、そこはエルサの役目だ。

私はベッドに腰かけ、その頬を指の背で撫でる。

すーすーと穏やかな寝息が小さな唇の隙間《すきま》から零れている。

リリアーナと過ごす時間は、穏やかで春の陽だまりのように柔らかい。

記憶がないという事実は、時折、私を不安に突《つ》き落《お》とす。足元が崩れ落ちていくような感覚は恐《おそ》ろしい。

けれど、リリアーナが傍にいて、笑っている姿を見ると不安も恐怖もどこかへ行ってしまうのだ。それと同時に胸に制御しきれないほどの感情が溢れる。その正体は、とっくに気付いているけれど、中途半端《ちゅうとはんぱ》な私にはまだ口にする資格はない。

私は、全てを思い出したい。彼女から目を背《そむ》けていた理由も何もかもを思い出して、今度こそ、真正面からリリアーナと向き合いたいのだ。

「君の笑顔を守るためなら、私はどんな手段だって選んでみせるよ」

セドリックのことに関して、リリアーナの実父である伯爵に手紙を出しているのは事実だったが、彼女にも話した通り、色良い返事は今のところ一度もない。

リリアーナの手前「信用していない」という言葉で濁したが、本音を言えば彼女の両親へ私が向ける感情は「侮蔑《ぶべつ》」や「憎悪《ぞうお》」といったもののほうがしっくりくる。

初めてのディナーの夜、私の腕の中で震えながら、継母らに受けた仕打ちを話してくれたリリアーナの姿は、私の記憶に焼き付いている。

今でさえ、顔を合わせるかもしれないというだけで、リリアーナは怯《おび》えている。十五年間、そうして育ったのだから傷が癒《い》えるにはまだ時間がかかるのだろう。

「……だが、君ならきっと乗《の》り越《こ》えられる」

毛布の上に出ていた手を取り、その甲《こう》に口づける。

「君のことも、セドリックのことも、必ず私が守るよ、私の可愛いリリアーナ」

彼女の手を毛布の中に戻し、額にも口づけを落として体を起こす。

記憶喪失になる以前のことで思い出したリリアーナに関することは、まだ婚約式のことだけだ。

教会で執《と》り行《おこな》われた婚約式で、私が彼女の星色の美しい瞳に魅入《みい》られたことだけは、思い出すことができた。

私は全てを思い出したわけではないから、あの日、どうしてリリアーナと言葉を交わさなかったのか、そもそも結婚しておきながら放置したのか、その理由は悔しいことに私自身も分からないままだ。

まだ誰にも言っていないが一つだけ、リリアーナのことで思い出したことがあった。とはいえ思い出したと言っていいかも分からぬ、些細《ささい》なことだ。

その記憶の中で、リリアーナは随分と古めかしいウェディングドレスを身にまとい、レースのヴェールを被《かぶ》っているから、おそらく結婚式の時のことだ。

祭壇《さいだん》で神父が誓《ちか》いの言葉を読み上げた時だ。彼女が指定の文言通り「はい、誓います」

と囁《ささや》くように告げた後、神父が二人の誓いを神へ届ける文言を口にしている中、ぽつりと何か言ったのだ。ヴェールの下で唇が動いた映像は頭の中に残っているのに、音声が消え去っていて、何を言ったのかが分からないのだ。不思議なことにそれを思い出そうとするとなぜか胸がざわついていて、ずきりと頭が痛む。

「……あの時、君は何と言ったんだろう」

ぽつりと呟くが眠っている彼女から返事があるわけもない。

「おやすみ、リリアーナ。良い夢を」

名残惜《なごりお》しむように頬を撫でて、私はリリアーナの寝室を後にする。

寝室から出るとエルサとフレデリックが待機していて、私と入れ違いになるようにエルサが寝室に入っていく。私はフレデリックと共に彼女の部屋を後にする。

「フレデリック、話は」

「エルサから聞きました」

「ならば、伯爵家の様子を本腰《ほんごし》を入れて探《さぐ》ってくれ」

「かしこまりました」

しかと頷いた執事《しつじ》に「頼むぞ」と返して歩き出そうとするも、ふいに、ズキンと頭が痛んで足を止め、額を押さえる。

「旦那様？　どうなさいました？」

フレデリックが問いかけてくる。ズキン、ズキンと痛む頭を押さえながら「いつものだ」と返す。するとフレデリックの手がそっと宥《なだ》めるように背中を撫でてくれる。

最近、ふとした瞬間《しゅんかん》に頭が痛むのだ。ほんの数秒、長くても一、二分ほどの短い時間だ。

痛みが治まり、ふーっと息を吐き出す。案じるフレデリックに「大丈夫だ」と返して歩き出す。

「あまり無茶をしますと、奥様に泣かれますよ」

「まだ大丈夫だ」

フレデリックは、腑《ふ》に落ちない様子だった。

原因は、分かっている。ここ最近は、ぽろぽろと記憶が回復してきている。それに伴《ともな》うものだと医者にも言われた。

だが私は、もっと真剣《しんけん》に自分の記憶と向き合わなければならないのだ。

「……奥様を泣かせた罪でエルサに追い出されても、僕はついていきませんからね」

私は、思わず薄情《はくじょう》な執事を睨んだが、彼は取り合ってもくれないのだった。

第二章　自信と秘密

侯爵夫人《こうしゃくふじん》として自信を持つ。

それは、私が私自身に自信を持つということにも通じています。

五日ほど前の夜、セドリックのことを相談した際、旦那様《だんな》がそうアドバイスをして下さいました。それからずっと考えているのですが、なかなか良《い》い案が出ないのです。

この五日間で、二つだけ、分かったことがありました。旦那様が調べて教えて下さったのです。

私たち姉弟《してい》の手紙を運んでくれていた馬番の少年は、伯爵家《はくしゃくけ》を去っていたこと。そして、セドリックの家庭教師である老紳士《ろうしんし》は変わりなく出入りしているということでした。

馬番の少年は、伯爵家がほとんどの馬を手放したことで仕事がなくなり、今は別の家で働いているそうです。だから、手紙が届かなかったのです。

加えて、私はお会いしたことはありませんが、家庭教師の老紳士は前にセドリックが言っていた通り、週に五日ほど伯爵家に行っているそうですから、あの子が病気や怪我《けが》で寝込《こ》んでいるわけはないことが分かって、とりあえずは胸を撫《な》で下《お》ろしました。

とはいえ、セドリックに会いに行くには、どうやっても父や継母《ままはは》、異母姉《あね》に会わなければなりません。私にとって、この三人は恐怖《きょうふ》の象徴《しょうちょう》です。鞭《むち》で打たれた痛みもですが、何より投げつけられた言葉の数々が私から色んなものを奪《うば》っていきました。

それは自信であったり、喜びであったり、希望であったり、様々なものです。

私は、侯爵家に来るまで、いえ、来てからもしばらく自分は本当にダメな人間だと思っていましたし、侯爵夫人として、お飾《かざ》りでしかない役立たずに違《ちが》いないと思い込んでいました。

けれど、今はあんなに苦手だった人前での食事も大分、スムーズにこなせるようになりましたし、楽しむ余裕《よゆう》さえ出てきました。マナーのレッスンやお勉強も褒《ほ》められることのほうが多くなりました。

それは確かに私を支える自信ではありますが、貴族の女性ならば当たり前にできることなのは間違《まちが》いありません。

それならばもっとお勉強やレッスンの時間を増やせば、もっと自信が持てるのではと考えたのですが、旦那様にお話しする前に相談したエルサから「健康が第一です」と却下《きゃっか》されてしまいました。それでもこっそり旦那様にもお願いしてみたのですが「君は頑張《がんば》りすぎてしまうからね」とやんわりと却下されてしまいました。

はぁ、と静かな図書室にため息が零《こぼ》れて慌《あわ》てて口を押さえます。きょろきょろとあたりを見回しますが、幸い、人影《ひとかげ》はありません。

自信を持つ方法が考えれば考えるほど分からなくなってしまい、セドリックとの再会が遠のいていきます。エルサに一人になって考えたいとお願いしたところ、図書室でならとお許しをもらいました。

私の何倍もあるような背の高い本棚《ほんだな》がずらりと並んでいる図書室は、まるで雪の夜のように静かです。紙とインクの匂《にお》いは不思議と落ち着きます。

目的もなく棚《たな》の間をうろうろしながら、ふと足を止めて本棚を見上げます。ここは戦術書の棚で、よく旦那様が利用されている棚です。難しい題名の本がずらりと並んでいます。

試《ため》しに一冊手に取って、ぱらぱらと中身を見ますが何がなんだかさっぱりです。

ふと、ロクサリーヌ様なら、こういったことも分かるのでしょうか、とあらぬ妄想《もうそう》に囚《とら》われました。

アルフォンス様からお話を聞いて以降、時折、私の思考に彼女は現れます。

侯爵家のご令嬢《れいじょう》だった旦那様の婚約者《こんやくしゃ》。私と違って、きっと社交も得意で、知識も豊富だったに違いありません。彼女ならば、こんなことで悩《なや》むこともなかったでしょう。

アルフォンス様には、旦那様の口から聞きたいと言いました。それはもちろん本心ですが、心のどこかで彼女と旦那様の間に何があったのか今すぐ知りたいと望む私がいます。

この屋敷《やしき》の誰《だれ》も彼女については教えてくれません。

旦那様を裏切った、とエルサは言いました。婚約破棄《はき》に至っているのですから、よほどのことです。浮気《うわき》ですとか、立場を利用して敵国に情報を流したとか、可能性は様々です。

ただ一つ言えることは、旦那様はいまだその傷が癒《い》えていないということです。形はどうあれ、ロクサリーヌ様は、旦那様の心に住み続け、そして記憶《きおく》を奪ったのです。

そのことを考えるとドロドロとした感情が溢《あふ》れ出《だ》しそうになります。未知のそれが怖《こわ》くて、私は首を横に振《ふ》って、意識を手元の本に戻《もど》します。

「……これが分かるようになったら、侯爵夫人として自信が持てるでしょうか」

「難航しているみたいだな」

突然《とつぜん》、背後に現れた存在に驚《おどろ》いて悲鳴を上げそうになりますが、ふわりと鼻先を撫でる爽《さわ》やかなコロンの香りに悲鳴を呑《の》み込みます。

振り返ると、人差し指を唇《くちびる》に当て「しーっ」と笑う旦那様がいました。

「だ、旦那様。まだお仕事の時間なのでは……？」

今日の旦那様は、書斎《しょさい》で領地関係のお仕事をしているはずです。別々だったお茶の時間は終わりましたし、ディナーには早すぎる時間です。

「休憩《きゅうけい》だよ、休憩」

「……フレデリックさんに許可は取りましたか？」

私の問いかけに旦那様は、そろーっと視線を斜《なな》め上に向けました。書類仕事があまりお好きではない旦那様は、時折、こうしてフレデリックさんの目を盗《ぬす》んでやって来ます。普《ふ》段《だん》は頼《たよ》れる大人の男性なのに、こういう少々子どもっぽいところは可愛《かわい》らしいです。

「……ちょっとだけですよ？」

「ありがとう、リリアーナ。流石《さすが》は私の妻だ」

にこっと笑った旦那様が私の手から本を抜《ぬ》き取《と》ります。

「これは君には必要ないよ。戦《いくさ》は私に任せておいてくれ」

あっという間に本棚に戻されてしまいました。

おいで、と手を引かれて連れて行かれたのは、私の好きな恋愛《れんあい》小説が並ぶ棚です。

「……旦那様、お勉強になりません」

「そんなことはない。私は大分、ここで夫婦《ふうふ》や恋人《こいびと》の在り方を学んでいるよ」

くすくすと笑いながら旦那様が言いました。

私は、少しだけむっとしてしまいました。旦那様がおっしゃったからこそ、私はセドリックのためにも必死なのに、笑っているなんて。

でも、その感情がとても身勝手に思えて、慌てて消化しようとしますが、なかなか呑み込むことができません。

「それでいいんだよ、リリアーナ」

何もかもを包み込むような声で旦那様が言いました。

顔を上げれば、青い瞳《ひとみ》はどこか嬉《うれ》しそうに私を見つめています。

「自分の心が生み出した感情を大切にしていいし、表に出していいんだ。私は君が色んなものを抑《おさ》え込んで笑っているより、むっとして怒《おこ》ったり、拗《す》ねたりして、それで心から笑ってくれているほうがいい」

「で、ですが旦那様に怒るなんて、いけないことです」

「どうして？」

旦那様が首を傾《かし》げます。

「それ、は……私が、役立たずだから、です……侯爵夫人として何もできていません」

胸の前でぎゅっと自分の手を握《にぎ》り締《し》めます。

役立たずだと、最初にそう決めたのは継母でした。

私は何なのか、と考えると一番に浮《う》かぶのは継母の微笑《ほほえ》みでした。いつもそうです。いつも私の思考の片隅《かたすみ》で、継母や父、異母姉が私を役立たずだと嗤《わら》っているのです。

「……リリアーナ。自分が誰であるかを決めるのは、自分だ。君という一人の人間を構成する心も思い出も感情も知識も、君自身が大切にしていいし、いらなければ捨てていい」

「私が、決める……」

「ああ。誰に何を言われようと、君はこのウィリアム・ルーサーフォードの妻で、スプリングフィールド侯爵夫人だ。役立たず？　そんなわけがない。記憶を失った私がどれほど君に助けられたか。それを認める人が私やエルサをはじめ何人もいる。だが、君がそうであると認めなければ、本当のところ、それらは何の意味もない」

旦那様が私の手を取り、握り締めて下さいます。

「君は、本当に役立たずのままでいいのかい？　ずっと、怯《おび》えたままでいいのかい？」

握り締められた手からじわじわと伝わる熱が、私の心を揺《ゆ》さぶりました。

旦那様のお顔をちゃんと見ていたのに、じわりと視界が滲《にじ》んでよく見えません。それでも美しい青は確かにそこにあります。

「いや、です」

頭の中に響《ひび》く継母たちの嗤い声に私は首を横に振りました。

「役立たずなんかじゃ、ありませんっ。怯えてばかりいるのだって、いやです……！」

ぽろりと涙《なみだ》が零れるのと同時に私の唇からも言葉が零れ落ちていきます。

「私は、セドリックに恥《は》じない姉になりたいです。私は、リリアーナ・カトリーヌ・ドゥ・オールウィン＝ルーサーフォードです。私は、貴方《あなた》の妻がいいです……っ」

「そうだよ、君は私の大切な大切な妻だよ」

旦那様の優《やさ》しい笑顔《えがお》がまるで太陽みたいに眩《まぶ》しくて、嬉しくて、温かくて、色んな感情が涙と一緒《いっしょ》に溢れるままに旦那様の胸に顔をうずめました。力強い腕《うで》がぎゅうと抱《だ》き締め返してくれます。

ただ言葉にしただけなのに、あれだけ頭の中で響いていた嗤い声は聞こえなくなっていました。心の奥にしっかりとした何かが出来上がった感覚がありました。それは温かくて力強いことが、これから先、私を支えてくれるものの一つだと分かります。

「旦那様、ありがとうございます」

私は精一杯《せいいっぱい》の笑顔でお礼を言いました。旦那様は、優しく目を細めて大きな手で私の濡《ぬ》れた頬《ほお》を拭《ぬぐ》ってくれます。

「君が私を支えてくれるように、私だって君を支えるよ。夫婦とはそういうものだろう？」

「はい」

私が頷《うなず》くと、旦那様は機嫌《きげん》良く私の額にキスをします。

「だ、旦那様、ここは図書室ですっ」

「大丈夫《だいじょうぶ》、誰も見ていないよ。あ、そうだ。もう一つ、二つ、君に自信となるものをあげよう」

そう言って旦那様は、私をいったん離《はな》すとジャケットの内ポケットから細長い箱を取り出しました。水色の包装紙に包まれて、金色のリボンが掛《か》けられています。

「開けてごらん」

言われるまま旦那様の手の上でリボンをほどき、紙を開いていきます。そして、細長い箱の蓋《ふた》を開けると、ネックレスが鎮座《ちんざ》していました。

私の親指の爪《つめ》ほどの大きさのカットが施《ほどこ》されたサファイアがきらきらと輝《かがや》いています。サファイアはドロップ型にカットされていて、細い銀のチェーンとサファイアの間には控《ひか》えめに小さな一粒《ひとつぶ》のダイヤモンドまで輝いています。

「旦那様の目の色と同じですね」

「ああ。私がいつでも傍《そば》にいるという証《あかし》だよ」

そう言って旦那様は箱の中からネックレスを取り出すと、箱を懐《ふところ》に戻して、ネックレスを私の首にかけました。

「だ、旦那様、そんなっ、い、頂けませんっ」

「貰《もら》ってくれ。これは、君が私の妻である証だ。うん、やはりよく似合っている」

うんうん、と旦那様は満足げです。

どうしたら、と悩みますが、あまりに旦那様が嬉しそうで断るわけにはいきません。それに何より、旦那様の綺麗《きれい》な青い瞳と同じ色の宝石を身に着けられるなんて、困ってしまうくらいに嬉しいです。

頬が緩《ゆる》んでしまうままに笑《え》みを零します。

「ありがとうございます、旦那様。一生、大切にいたします」

すると旦那様は「うぐっ」と呻《うめ》いて、顔を両手で覆《おお》って天を仰《あお》ぎました。

この旦那様のこのいつもの発作《ほっさ》は、待つのが一番です。

私は、ネックレスをそっと手の中に握り締めます。今すぐにでもエルサとアリアナさんに、旦那様から頂いた奥《おく》さんの証を見せたくなりました。もちろんセドリックにも見てもらいたいです。

「リリアーナ」

「はい、旦那様」

どうやら発作が治まったようです。

「もう一つだけ、私の妻として大事なことがある」

「は、はい、なんでしょう」

真剣《しんけん》な旦那様のお顔に私も背筋を正します。

旦那様ががしりと私の肩《かた》を摑《つか》みます。

「私のことを旦那様ではなく、ウィリアムと呼んでくれ」

「え？」

思わずぱちり、ぱちりと目を瞬《まばた》かせました。

「フレデリックやアーサーを名前で呼ぶのだから、夫である私も名前で呼んでくれ」

「お二人は家名がないので、お名前を呼ぶしか……」

「アルフォンスだって名前で呼ぶだろう？　それなら今度からあいつのことはクレアシオ

ン様か王太子殿下《でんか》と呼ぶことになる。いや、むしろ、そう呼んでくれ」

「で、ですが、アルフ様と呼ぶと約束しています」

「だったら私ともウィリアムと呼ぶと約束してくれ！」

「奥様に約束を迫《せま》る前に、僕との約束を守って下さい。ウ・イ・リ・ア・ム・さ・ま」

さぁぁと一気に旦那様の顔が青くなりました。

くるりと私を背に庇《かば》うように旦那様が体の向きを変えます。その肩に、ぽんと白手袋《しろてぶくろ》をはめた手が置かれました。

いつの間にかそこに青筋を立てたフレデリックさんが、見たこともないくらいににこやかな笑顔を浮かべて立っていました。ですが、笑っているのに目がこれっぽっちも笑っていません。とても怖いです。私はそっと旦那様の背中に隠《かく》れます。

「ちょっと、休憩、休憩をだな！　だって朝からずっと書類仕事ばかりじゃないか！　しかも今回の書類はリリアーナを膝《ひざ》に乗せてできない！」

「休憩は僕に許可を取ってからだと約束したはずでございます」

旦那様の肩に乗せられたフレデリック様の手からはぎちぎちと音がしそうなほど、力が込められている気がします。

「あ、あのフレデリックさん。あの、あの、怒るなら私を怒って下さいまし、旦那様は私の悩みを聞いて下さっていたのです」

「いいえ、奥様」

私が訴《うった》え出ると同時にどこからともなくエルサが現れて私の両手を取りました。

「脱走《だっそう》はいけないことだと、きっと記憶喪失《そうしつ》になった際に旦那様は忘れてしまったのでございます。ここはきっちり躾《しつけ》、ごほん、学習していただかないといけません」

「で、でも……」

「さあ、行きますよ。貴方のサインを待《ま》ち焦《こ》がれる書類たちが首を長くして待っていますからね。それでは奥様、失礼いたします」

「ああっ、リリアーナ！　ディナーで！　またディナーの時間に会おう！」

旦那様は悲壮《ひそう》な声を上げますが、フレデリックさんは旦那様の襟首《えりくび》を摑んで引きずるように連行していきます。

「さあ、奥様、見送って差し上げましょう。行ってらっしゃいませ、旦那様」

エルサが私の隣《となり》に立ち、手を振ります。

私は両手を握り締め、覚悟《かくご》を決めました。

「ウ、ウィリアム様、お仕事頑張って下さいませ。ディナー、楽しみにしております」

その瞬間《しゅんかん》、悲壮感たっぷりだった顔が晴《は》れ渡《わた》る青空のように輝いて、心底嬉しそうな笑顔が旦那様――ウィリアム様の顔を飾ります。

「ああ、頑張る。私のリリアーナ！」

そう言い残して、ウィリアム様は本棚の向こうへと行ってしまいました。

「よ、呼べました。エルサ」

「はい。エルサもしっかり聞いておりましたよ。成長なさいましたね、奥様」

エルサが笑顔で褒めてくれます。私は嬉しくなって片手で頬を押さえました。

「……まあ、ネックレスを頂いたのですか？」

エルサの言葉に握り締めたままだった右手を慌てて開きます。俯《うつむ》けば、ウィリアム様の瞳と同じ色のサファイアはやっぱり美しく輝いています。

「私が、ウィリアム様の妻であるという証を頂いたのです」

「それはようございました。よくお似合いですよ」

「ありがとうございます」

私が笑うとエルサも笑って頷いてくれます。

「では、そろそろお部屋に戻りましょう。アリアナにも見せてあげて下さいませ」

エルサに促《うなが》され、司書のモニカさんに騒《さわ》がしくしてしまったことを謝ってから、図書室を後にしました。

エルサの後を歩きながら、私はネックレスに触《ふ》れます。

胸がドキドキして、心臓が騒がしくなるのと同時に、鳩尾《みぞおち》からじわりと不安が顔を出して、もう片方の手で押さえます。

もう一つ、もう一つだけ私には乗《の》り越《こ》えなければならないことがあります。

ウィリアム様の妻でありたいと望むのならば、私自身が必ず乗り越えなければならないのです。

この秘密をウィリアム様に打ち明けなければ、やっぱり私はあの人たちに怯えたままいることになるのです。

「奥様？　いかがなさいました？　どこか具合でも？」

いつの間にか足が止まっていて、エルサが心配そうに私の顔を覗《のぞ》き込んでいました。

私は慌てて首を横に振りました。

「いえ、あの、嬉しさを噛《か》み締めていたのです」

「……それなら、かまいませんが。色々と悩まれてお疲《つか》れでございましょう。温かいハーブティーをご用意いたしますので、少し休んで下さいね」

心の底から私を気遣《きづか》ってくれるエルサに、私は頷いて返しました。

「……エルサ」

「どうなさいました、奥様」

「……エルサは、何があってもこれまで通り、私の味方でいてくれますか？」

私の問いにエルサは、優しく微笑んですぐに頷いてくれました。

「何があろうとエルサは、奥様の味方ですよ」

「ありがとうございます、エルサ」

「私は奥様の侍女《じじょ》でございますから」

「さあ、廊下《ろうか》は冷えます」

そう心配するエルサに促されて、心に一抹《いちまつ》の不安を抱《かか》えながら自分の部屋へと向かったのでした。


「ああ、リリアーナは今日も可愛い。明日も明後日《あさって》も絶対に可愛いのだろうな！」

「馬鹿丸出しなことを言っていないで、手を動かして下さい」

相変わらず私の執事《しつじ》は無表情でそっけない。睨《にら》んだところで効果はないので、素直《すなお》に万年筆を手に取り、書類に目を通す。

実はこの一カ月ほど渡すタイミングを探《さぐ》っていたネックレスを渡せた上、「ウィリアム様」と呼んでもらえた今の私は、いつもの数倍は調子がいい。今なら一人で盗賊団《とうぞくだん》でも山賊《さんぞく》でも殲滅《せんめつ》できる自信がある。書類仕事も可愛いリリアーナとの時間を想《おも》えば、さっさと終わらせるに限る。

私が黙々《もくもく》とサインをし、意見書に目を通しているとコンコンとノックの音がして、フレデリックが対応する。ちらりと視線を向ければ、アーサーが書斎に入って来た。

どうした、と書類に目を落としたまま、問いかける。

「エイトン伯爵家のことで、少々厄介《やっかい》なことが判明いたしましたのでお伝えに参りました」

ぴたりと万年筆が止まる。

顔を上げれば、すっと数枚の紙が差し出された。それを受け取り、目を通していく内に自分でも分かるほど、眉間《みけん》にしわが深く刻まれていく。

「どういうことだ」

「見ての通りでございます。……旦那様が、奥様とご結婚《けっこん》なされた際に、当家が立《た》て替《か》えた三〇〇〇万リルの借金を現在一リルたりとも伯爵は、こちらに返済しておりません。むしろ、新たに五〇〇〇万リルほど借金を作られているようでございます」

アーサーは、淡々《たんたん》と述べる。

いつもとは違った意味で頭が痛い。

リリアーナからセドリックの相談を受け、私はこれまで渋《しぶ》っていた伯爵家の調査に乗り出した。私は貴族院の査問委員会ではないので、本来であれば職務以外で他家を調べることはたとえ婚家《こんか》であろうとご法度《はっと》だが、リリアーナのためを思えば躊躇《ためら》うことはない。

「……馬を手放した上、雇用《こよう》期間の浅い使用人を次々に辞《や》めさせていることから、多少の困窮《こんきゅう》は予想していたが……五〇〇万リル？　何に使ったんだ」

「八割が伯爵夫人と娘《むすめ》のドレスや宝石で、残り二割は、伯爵ご自身の賭博《とばく》でございます」

はあ、と重いため息が零れる。

記憶喪失になった後で、侯爵としての仕事を再開した際、私の個人口座から三〇〇〇万リルという大金が動いていたことに気付いて、フレデリックに尋《たず》ねた。そこで、リリアーナとの結婚に際して、伯爵家の浪費癖《ろうひへき》と借金を肩代わりしたことを知った。

最初は、リリアーナを金で買ったようですっきりしなかったが、あの家から助け出せたならそれで良かったと最近は思えるようになっていた。

「……リリアーナには絶対に知られないように」

「もちろんでございます。奥様が倒《たお》れては当家の一大事でございますから」

アーサーはしかと頷く。フレデリックも無言で頷いた。

「こうなれば致《いた》し方ない。……セドリックの後見人変更届の用意を。私があの子の後見人になれば侯爵家に住まわせる理由ができる。これだけの散財をしておきながら、後継者《こうけいしゃ》たる彼に使われた形跡《けいせき》は一切《いっさい》ないのだろう？　その上、九歳の遊び盛《ざか》りの子どもが庭に出てくることもないなんて、異常だ。セドリックは別に健康に問題はないのだからな」

「私もセドリック様は当家で養育権を勝ち取ったほうがよろしいかと。実は家庭教師の老紳士に少々話を聞けたのです」

　アーサーが別の紙を数枚取り出す。そこにはあの家でのセドリックの扱《あつか》いについて、老紳士から聞き出したらしい情報が並んでいる。

「幸い、セドリック様は先代のエイトン伯爵によく似ているため、古株の使用人によって守られているようで暴力などは受けておられないようですが、セドリック様への愛情はないようです。そもそも伯爵も夫人もほぼ家にはおりません」

「どうせ遊び惚《ほう》けているんだろう？　別の者からの報告でこの数年、伯爵は領地に帰っていないと聞いている。領地の運営状況《じょうきょう》も監査《かんさ》が入れば一発で爵位剝奪《しゃくいはくだつ》になりかねない」

　眉間のしわをほぐそうと私は指を押し当てる。

「正直、伯爵夫妻や異母姉はどうでもいいが、リリアーナとセドリックの名誉《めいよ》のために伯爵家を潰《つぶ》すわけにはいかない。エイトン伯爵家を実質、私の支配下におく。皆《みな》、そのように動け。他の案件は全て後回しにし、最優先にしろ。準備ができ次第《しだい》、すぐにでも伯爵家を訪問する」

「かしこまりました」

　アーサーとフレデリックが、しかと頷く。

　これ以上のことは、リリアーナが眠《ねむ》った後に回そうと鍵《かぎ》付きの引き出しへと報告書をしまう。リリアーナがこのことを知ったら、根が真面目で、貴族としての誇《ほこ》りを持つ彼女は、思いつめて修道院に入ってしまいかねない。

アーサーは、報告すべきことを報告し終えたようで、さっさと退出する。彼が出て行き、ドアが閉まるのを眺《なが》めながら、椅子《いす》の背凭《せもた》れに身を預け、深いため息を零す。

「……旦那様」

「ん？」

目だけをフレデリックに向ける。

「最近、きちんと眠っておられますか？」

「どうしたんだ、急に」

「いえ、ふと気になっただけでございます。それで、こちらの見積書《みつもりしょ》ですが……」

まるで何事もなかったかのように、フレデリックが仕事を再開し、私も彼の説明に耳を傾《かたむ》ける。

やはり私の思い出した記憶のほとんどに存在している乳兄弟《ちきょうだい》である彼は、鋭《するど》い。

眠れないわけではないのだが、眠りが浅くなる明け方に夢を見るのだ。何度も、何度も同じ夢を繰《く》り返す。

初めてその夢を見たのは、リリアーナがセドリックについて私に相談してくれ、私がもっと真剣に自分の記憶と向き合おうと決意し、眠りについた日の明け方だった。

あれからずっと、同じ夢を繰り返しているのだ。

リリアーナを失う夢を。

「後見人、ですか？」

「ああ」

ウィリアム様の言葉に私は首を傾げます。

ネックレスを頂いた日から早くも三日が経《た》っていました。あの日、私はディナーの際に「セドリックに会いに行きたい」とウィリアム様にお願いしました。ウィリアム様は快く頷いて下さいましたが「少しだけ待ってくれ」と言われていたのです。

そして、ウィリアム様がお休みの今日、お庭をお散歩していたら「セドリックのことなんだが」と切り出され、その内容はウィリアム様が後見人になるという驚きの内容でした。

「貴族の間では、優秀《ゆうしゅう》な人材を幼い内に見出《みいだ》して、より良い教育を与《あた》えるというのは珍《めずら》しいことじゃない。君の実家であるオールウィン家は由緒《ゆいしょ》ある家だ。歴代のエイトン伯爵も優秀な人が多い。私がセドリックの後見人になっても、さほど不思議な話ではないんだ」

「そういうものなのでしょうか」

貴族社会についても勉強はしておりますが、まだそこまでの知識は私にはありません。

「それに私が後見人になれば、セドリックがここで暮らす理由ができる」

「セドリックが？　一緒に暮らせるのですか？」

　考えたこともなかった言葉に思わず声が弾《はず》んでしまいます。ウィリアム様は、青い瞳を柔《やわ》らかく細めて「ああ」と頷きます。

「侯爵で社会的地位も上である私のほうが、セドリックにより良い教育の場を与えられることは証明できるからね。審査《しんさ》は、あと一週間もしない内に結果が出るだろう。確実に後見人変更届は受理されるだろうから、結果が届いたらすぐにセドリックに会いに行こう。そこで伯爵に書類にサインを貰えば、セドリックを連れ帰ってもなんら問題ない」

「お父様が素直にサインを下さるでしょうか……」

　一抹の不安がよぎります。

「大丈夫。交渉事《こうしょうごと》は私とフレデリックに任せてくれ」

　ウィリアム様がぽんぽんと頭を撫でて下さいます。私はショールを自分の肩に掛け直しながら、彼を見上げます。

「……ご迷惑《めいわく》では、ありませんか？」

「迷惑なわけないだろう？」

　ウィリアム様が即答《そくとう》して、私の頬をむにっとつまみます。

「そういう困ったことを言う妻には、おしおきだな」

両手で頬をむにむにされます。痛くはないですが、絶対に変な顔になっています。

「だ、だんなさまっ！」

「はて、ダンナ様？　私の知らない人だなぁ。私はウィリアムだぞ、リリアーナ」

私の抗議《こうぎ》の声をさらっと流して、ウィリアム様は可笑《おか》しそうに笑います。

「ウ、ウィリアム様、やめて下さいませ、顔が変になりますっ」

「ははっ、大丈夫。私のリリアーナは、いつだってとびきり可愛くて綺麗だよ」

そう言ってウィリアム様は、私の頬から手を離し軽《かろ》やかに笑います。

私は、たったそれだけの褒め言葉に頬が熱を帯びて、心臓がバクバクしてしまうのに。ウィリアム様は、ご自分の何気ない一言がどれだけ私の心を乱すのかご存じないのです。

「セドリックが来たら、私が剣術《けんじゅつ》を教えよう。男なら剣術は必修科目だからな。ああ、そうだ。三人でピクニックにも行きたいな。その時は君がアップルパイを焼いてくれ」

「ふふっ、はい。美味《おい》しいのを作りますね」

ウィリアム様は「頼《たの》むぞ」と顔を輝かせています。甘いものがお好きなウィリアム様は、時折、私が作るお菓子《かし》をいつも美味しそうに食べて下さいます。

「リリアーナは、セドリックに会ったら何がしたい？」

ウィリアム様が首を傾げます。

私はその問いかけに、セドリックのことを思い浮かべます。

私と同じ淡《あわ》い金色の髪《かみ》、おじいさま譲《ゆず》りだという紫《むらさき》の瞳、小さな手、無邪気《むじゃき》な笑顔、私を想って泣いてくれた優しい心。私の愛おしい大切な弟。

「あの子は、本を読むのが好きなのです。あまり外に出たことがないので、このお庭を一緒にお散歩したいです。フィーユ料理長さんの美味しい食事も一緒に楽しみたいです。ですが……」

「ですが？」

「一番は、あの子を抱き締めてあげたいのです」

セドリックは、伯爵家にいた頃《ころ》の私にとって唯一《ゆいいつ》の光でした。

「きっと、寂《さび》しい思いをしているあの子を、それでも頑張っているであろうセドリックを抱き締めてあげたいのです」

「私も、仲間に入れてくれるかい？」

そっと腰《こし》を抱き寄せられて、ウィリアム様の腕の中に抱き締められます。

「私の素敵《すてき》なウィリアム様ですから、セドリックもきっと貴方が大好きになります」

私の言葉に青い瞳が柔らかに細められて、更に強く抱き締められます。いつものようにその胸に頬を寄せます。ウィリアム様の心臓の音と爽やかなコロンの匂いは、安心を与えてくれますが同時に私の胸を騒がしくもするのです。

記憶喪失になったウィリアム様と一緒にいる内に私の胸の内には、雪のようにしんしんと降り積もったものがありました。最初は、気付かないふりをしていましたが、最近はもう見て見ぬふりもできないほどにうずたかく積もったそれは、名前を付けてしまったら私を押し潰してしまうかもしれません。

でも、本当はもう、もしかしたら最初から私はそれの名前を知っているのです。ロクサリーヌ様のことを考えた時にどろりと溢れる感情の名前も、本当は知っているのです。

「風が冷たくなってきたな」

ウィリアム様がぽつりと呟《つぶや》きました。つられるように空を見れば、青く晴れた空に少しずつ灰色の雲が姿を見せ始めていました。

「雨が降るのかもしれないな……部屋に戻ろう。君が風邪《かぜ》を引いたら大変だ」

「はい。ありがとうございます」

ウィリアム様の腕が私から離れていき、差し出された腕に手を添《そ》えます。

「散歩の時間が早く終わってしまったから、図書室にでも行こうか」

「はい。一昨日、新作が入荷《にゅうか》したのですよ」

「それは楽しみだなぁ。先日、君が薦《すす》めてくれた本も面白《おもしろ》かったよ」

目をキラキラと輝かせながら、本の感想を話すウィリアム様の横顔を見つめます。

こんな穏《おだ》やかな時間がもっとずっと続けばいいのにと心から願ってしまいます。

「そういえば、ネックレス。毎日、身に着けてくれているんだな」

ウィリアム様がふと私の首元で輝くネックレスに視線を向けて言いました。私は、サファイアをそっと撫でながら、頷きます。

ウィリアム様が下さったネックレスは、シンプルなデザインです。ですから、どのドレスにも合わせられるので、毎日、身に着けるようにしています。外すのは眠る時と湯浴みをする時だけです。

「ウィリアム様の瞳と同じ色で、身に着けていると安心するのです」

自然と頬が緩みます。

あの日、ウィリアム様が自分が傍にいる証拠《しょうこ》だと言って下さいました。その言葉通り、私にとってこのネックレスは、ウィリアム様の分身のように感じるのです。

「うっ、きょうも、わたしのつまが、かわいすぎて、なけてくる」

片手で顔を覆ったウィリアム様が空を仰いで何かをぶつぶつ言っています。何かを呟いていらっしゃる時は、いつもよりこの発作が治まるまで時間がかかります。

「戻られたのですね、雲が出てきたのでお声を掛けようかと思っていたのです」

ウィリアム様が復活するより早く、エントランスについてしまいました。エルサが迎《むか》えてくれます。

「ウィリアム様が気にかけて下さって、図書室に行くことにしたのです」

「そうですか。お風邪を召《め》されては一大事ですからね」

エルサが私のショールを掛け直してくれます。

「奥様、旦那様を少々、お借りしてよろしいですか？　至急、確認《かくにん》していただきたいことがございまして」

いつの間にかやって来たフレデリックさんの言葉に首を傾げます。復活したウィリアム様が「どうした」と声を掛けるとウィリアム様に耳打ちしました。ウィリアム様の眉間にしわが寄ります。

「……分かった。厄介だな」

ウィリアム様がため息交じりに呟きました。

セドリックのことで何か不都合があったのでしょうか、と不安になります。ですが、すぐにウィリアム様は、いつもの優しい表情に戻ります。

「セドリックのことじゃないよ。騎士団《きしだん》の仕事のほうだ」

「そ、そうですか」

ほっと胸を撫で下ろします。ウィリアム様の手が私の頬をくすぐるように撫でます。

「一筆、書状を書くだけだから、先に図書室で待っていてくれ。この間のものは全て読んでしまったから、また新しいおすすめを教えてくれると嬉しい」

「分かりました。ですが、無理はなさらないで下さいませ。お忙《いそが》しいようでしたら、何冊か選んでお部屋にお届けします」

私の頬に触れるウィリアム様の手に自分の手を重ねます。

「大丈夫、本当に大したことじゃないよ。待っていてくれ」

そう言ってくすりと笑ったウィリアム様が、私の額に口づけを落とします。ぶわわっと頬が赤くなると、青い瞳が甘く細められました。

するり、と離れていく大きな手を引き留めそうになるのをぐっとこらえて、フレデリックさんと一緒に去っていく背を見送り、私はエルサと一緒に図書室へと向かいました。

ほんの少し離れるだけで、心が寂しいと我《わ》が儘《まま》を言います。

もう何もかも隠しておくことはできないのだと、切なく痛む胸にいやと言うほど分かります。じわりと滲んだ不安を抑え込むように鳩尾に手を当てました。

「エルサ」

「はい、どうなさいました？」

くるりとエルサが振り返ります。

「できれば、近い内がいいのですが、エルサの時間を少しだけ頂けますか？」

ぱちりと紺色《こんいろ》の瞳が不思議そうに瞬きます。

首を傾げたエルサをじっと見据《みす》えて私は、覚悟を決めました。

「エルサに、聞いてほしいことが……話しておきたいことがあるのです」

外は静かで秋の虫の鳴き声が微《かす》かに聞こえてきます。

それでも夜は静寂《せいじゃく》のほうが目立ちます。レースのカーテン越《ご》しに月の青白い光が私の部屋に差し込んで、窓枠《まどわく》の影《かげ》が足元にまで伸《の》びています。

私は、頂いた日から眠る時以外は必ず身に着けている、ウィリアム様と同じ色のサファイアを指先でそっと撫でました。

「奥様、失礼いたします」

ドアが開いて、エルサがやって来ました。普段のメイド服姿ですが、今日はもう仕事を終えたからか白いエプロンは身に着けていませんでした。

「どうぞ、座って下さい」

私の言葉にエルサは、慣れた様子で私の向かいのソファにいつものように座りました。

エルサは私がお願いしたその日の内に時間を作ってくれたのです。

「ごめんなさい、貴重な時間を」

「私の時間は九割奥様のものでございます。ああ、残りの一割はフレデリックに。あれで拗ねると面倒《めんどう》なのですよ」

冗談交《じょうだんま》じりにエルサが言った言葉に、緊張《きんちょう》に強張《こわば》っていた私の頬も少しだけ緩みます。

彼女はいつもこうして私の心をほぐしてくれます。

私はネックレスを握り締める手に一度、力を込めてから、手を膝の上に戻します。

「……この一年と少しの間、エルサにはとてもお世話になりました。エルサがいてくれなかったら、今の私はなかったと思います」

「奥様……」

「ここへ初めて来た日、私のドレスを無理やりに脱《ぬ》がさないでくれて、厚手のガウンを渡してくれて、それがどれだけ私を救ってくれたか。私が抱える秘密を今日まで、決して暴こうとせずにいてくれたこと、一緒に守ってくれたこと、本当に感謝しています」

　エルサが立ち上がり、私の隣にやって来ました。

　膝の上で握り締められていた手にエルサの手が重ねられます。片手だけ抜き取り、私は自分の鳩尾にそっと手を当て、腰へと撫でるように動かします。

「……鳩尾から腰にかけて、私のここには……醜《みにく》い、傷跡《きずあと》があるのです」

　エルサの手の力が強くなりました。

　私はエルサの紺色の瞳をじっと見据えて、言葉を絞《しぼ》り出します。

「七歳の頃にお父さまと出かけた際、暴漢に襲《おそ》われて負った傷です。ウィリアム様の手を広げたより大きな跡《あと》が、ここに、あるのです。だから、私はずっと伯爵家で部屋に閉じ込められて過ごしていたのです」

「……いまだに痛むのですか？」

　エルサの声は微かに震《ふる》えていました。私は、否定を込めて首を横に振りました。

「刃物《はもの》で切られ、何らかの薬品をかけられたせいで、爛《ただ》れた皮膚《ひふ》は感覚がないのです。痛むことはありません。……だから、私は役立たずの伯爵令嬢でした。こんな傷物、良家には嫁《よめ》に出せないと、そう言われて育ちました」

私は自然と笑みが零れました。悲しくて、切ない気持ちが勝手に微笑みの形をとって零れていったのです。

「だから、素敵な人と幸せな結婚ができるなんて思っていなかったのです。世間体《せけんてい》を気にする両親でしたから、よくてどこかの後妻か、そうでなければ修道院に行くのだろうと諦《あきら》めていました。でも、ウィリアム様は、私を選んで下さいました」

「……旦那様は、ご存じだったのですか？　奥様の、その、傷のこと」

「記憶喪失になる前のことは分かりませんが……姉をウィリアム様の妻にしたかったお父様ですから、どこかで引き合いに出していたかもしれません。それでも記憶を失《な》くされる前のウィリアム様は、私を妻にと『私はその娘が良い』と言って下さったのです」

嬉しかった、と私はぽつりと呟きました。

「……本当に、嬉しかった。ウィリアム様は素敵な方だったから。婚約式の日、初めて会った時、夢みたいだって思ったのです。私の歩幅《ほはば》に合わせて、歩調を緩めて下さって……醜いこの娘より、上の美しい娘をと言《い》い募《つの》るお父様に、ウィリアム様は私がいいと言って下さったんです。だから、結婚式の日、緊張もしたけれど、嬉しかった。楽しみだったのです。私、この方と幸せになれるかしらって」

私の感情が言葉になって、湯水のように溢れていきます。

「でも、あの時のウィリアム様は私を置いて仕事に行ってしまいました。でも、不思議なの……あの頃、それは本当に悲しくもあったけれど、この傷のこともありますし、何の教養もない小娘《こむすめ》だった私は『しょうがない』って、そう思えたのです」

鳩尾に当てていた手で再びネックレスを握り締めました。

「でも今は、違うのです……っ」

震えた声にエルサが「奥様」と私を呼びました。

「どうしましょう、エルサ」

紺色の瞳を縋《すが》るように見つめます。

「私、ウィリアム様を……好きになってしまいました」

あの大きな手も、低く甘やかな声も、私を抱き締める力強い腕も、少しだけ子どもっぽいところも、騎士として誇り高いところも、私を見つめるあの青い瞳も、何もかもを私は愛おしく思うのです。

「浅ましくも、もっとお傍にいたいと、もっとあの声を聞きたいと、もっと触れてほしいと、そんな願いばかりが溢れてくるのです……っ」

私の心に降り積もったそれは、ウィリアム様への恋心と愛でした。

「……何がいけないことがありますか。旦那様と奥様は、正真正銘《しょうしんしょうめい》、夫婦でございます」

「そうです、でも、ウィリアム様の記憶は一部しか戻っていません。私はまだこの秘密を打ち明けてもいません。ウィリアム様は、私を絶対に忘れないと言って下さっているのに、私にどんな秘密があろうと嫌《きら》いにならないと言って下さったのに……っ。夫婦として思い出をたくさん作ろうと言って下さったのに、私はもう、途方《とほう》もなくどうしようもないほど、ウィリアム様に忘れられてしまうことが、きら、嫌われてしまうことが……何よりも恐《おそ》ろしいのです……っ」

溢れた涙が頬を伝って、落ちていきました。

「信じたいのに、信じているのに……っ、エルサ、私、怖いのです……っ」

エルサが、力強く私を抱き締めてくれます。その細い背に腕を回して、私はむずかる子どものように縋りつきます。

「奥様、当家の旦那様を見くびらないで下さいませ。確かにあの方は、女嫌いでヘタレで、一年も奥様を放置して、あげく記憶喪失になってしまった間抜《まぬ》けでございます。ですが、あの方は、一度決めたことを覆《くつがえ》すような方ではございません。それに人の生まれや見た目の美醜《びしゅう》や傷跡の有無《うむ》で人を忌憚《きたん》するような方でもございません」

エルサの声はどこまでも真摯《しんし》に言葉を紡いでいきます。

「怖いと思うのは何も恥ずかしいことでも、愚《おろ》かなことでもございません。私とて、ある日突然、フレデリックに忘れられてしまったらと考えた時、身の竦《すく》む思いがいたしました。でもそれは、私がフレデリックを心から愛しているから生まれる感情です。奥様のその恐怖も、旦那様を想うが故《ゆえ》の大切なお気持ちでございます」

「そう、なのでしょうか……っ」

「そうなのでございます。男でも女でも、恋《こ》い慕《した》う方に拒絶《きょぜつ》されることを恐れない人間などおりません。きっと、当家に来たばかりの奥様では、そう感じることなどなかったでしょう。でも、奥様はここで色々なことを学び、経験され、そして、その感情を得るに至ったのです。何と喜ばしいことでしょうか」

エルサの両手が私の頬を包んで、紺色の瞳がまるで母のような優しさをたたえて私の顔を覗き込みます。

「リリアーナ様、私は何度でも、貴女《あなた》に願います。幸せになることを、どうか諦めないで下さいませ。この世の誰より幸せになって下さいませ」

エルサが祈《いの》るように告げます。

「エルサ……私は、強くなりたいのです。私を疎《うと》む両親や異母姉に怯えずに、これから先、ウィリアム様が許して下さるなら、彼と共に、エルサや皆と生きていきたいのです」

「万が一にも許さないなんて旦那様が口にしましたら、エルサが成敗して差し上げますからね。それでエルサと一緒に暮らしましょう」

ふふっとエルサが笑います。つられて私も笑みが零れました。

「話して下さって、ありがとうございます」

「いえ、私のほうこそ、聞いて下さって、ありがとうございます」

エルサがハンカチを取り出して、私の頰を拭ってくれます。

「……ねえ、エルサ」

「はい」

「私、恋というものは、もっとキラキラして綺麗なものだって思っていたんです。でも、今も尚《なお》、ウィリアム様の心を捕《と》らえて放さないロクサリーヌ様のことを考えると、ドロドロした醜い嫉妬《しっと》が溢れてしまうのです。私は、心の狭《せま》い人間です」

懺悔《ざんげ》するようにエルサに告げました。エルサは、私の頰を拭っていたハンカチを止め、小さく笑いました。

「恋ですとか、愛ですとか、そういったものはドロドロしているのが当たり前なのですよ。それに恋をするにあたって、心の広い人間などおりません。いたとしたら、その方は本当の恋というものを知らないのですよ」

「そう、なのかしら……」

「そうなのです。それにですよ、ロクサリーヌ様が残したものは間違いなく傷跡だけです。

万が一にも、旦那様が彼女に恋慕《れんぼ》ですとか、愛なんてものを残していることは一切ありえませんので、ご安心下さいませ」

力強くエルサが宣言します。そういえば、初めて話してくれた時も同じことを言っていたのを思い出しました。

「それに……ここだけの話、私とて、フレデリックには私だけを見ていてほしいですし、その、もっと若い頃は、旦那様に嫉妬したりもしたのですよ」

気恥《きは》ずかしそうにエルサが教えてくれました。

「ウィリアム様に、ですか？」

「……あの二人、基本的におはようからおやすみまで一緒なのです。乳兄弟ですから生まれた時からずっとです。学院時代も戦地にさえフレデリックはついていきました。ですから旦那様のほうが私の知らないフレデリックを知っていることが多くて、嫉妬したのです」

エルサは、なぜか悔《くや》しそうに拳《こぶし》を握り締めていました。

でも、確かに言われてみれば、フレデリックさんの立場のほうがずっとずっと羨《うらや》ましく思えてきました。

「……フレデリックさん、ずるいです」

思わず呟くと、エルサがくすくすと笑いました。

「ふふっ、嫉妬というものは、案外、身近に転がっていますでしょう？　扱いには少々困りますが、これもまた相手を想うから生まれる大切な感情なのですよ。重要なことは、その嫉妬に苛《さいな》まれて、身勝手に他人を攻撃《こうげき》しないことです」

エルサの言葉がすとんと私の中に落ちて収まりました。

まだウィリアム様に打ち明けていないので、心の片隅に不安がうずくまってはいますが、それでも話す前に比べると、心がとても軽くなって、晴れやかな気持ちです。

「やっぱり、エルサに話して良かったです。実は、この秘密のことは、エルサに一番に話そうとずっと前から決めていたのです」

「とても光栄でございます」

エルサが嬉しそうに顔をほころばせます。

「エルサ、私、セドリックに会いに行く前に、この秘密のことをウィリアム様に打ち明けようと思うのです。もう絶対にお継母《かあさま》様たちに負けないように。ウィリアム様の口から真実を聞きたいと願うように、私を大事にして下さるウィリアム様にも私からお伝えしたいのです」

エルサは、ぱちりと目を瞬《しばたた》いた後、私の手を取りました。

「旦那様でしたら、絶対、大丈夫ですよ」

「はい。……でも、この恋心は、大事にしまっておくつもりです。エルサも内緒《ないしょ》にして下さいね。フレデリックさんにも言っちゃだめですよ。ウィリアム様は、お優しいからきっと困ってしまいますもの」

「……奥様、もしかして全く気付いておられないのですか？」

「何をです？」

あっけにとられているエルサに、私は首を傾げます。

「いいえ、そういうちょっと天然で鈍《にぶ》いところも私は大好きでございますよ。そもそも決定的な言葉を口にしないほうにも問題があるのですからね」

「よく分かりませんが、私もエルサが大好きです」

心からの言葉を口にすれば「私の奥様が今日もお可愛らしい」と叫《さけ》んだエルサにぎゅうと抱き締められます。

侯爵家に来て、慣れない生活に倒れた私が初めて心の内を吐露《とろ》した時にもエルサはこうして抱き締めてくれました。私にセドリック以外の人の温《ぬく》もりというものを初めて教えてくれたのは、他ならないエルサです。

「エルサ、ウィリアム様が私に一人で強くなる必要はないと教えて下さいました。私、頑張りますから、見守っていて下さいね」

「もちろんでございます。いつ何時《なんどき》もエルサはリリアーナ様の味方でございます」

即答してくれたエルサを抱き締め返して、私は心からのお礼を口にしたのでした。

ああ、また同じ夢だ。

王城の一室に私は立っている。私の目の前には、艶《あで》やかな赤毛の女性が座り込んで泣いていて、その後ろには彼女によく似た面立《おもだ》ちの女性と、額を床《ゆか》にこすりつけるようにして土下座している男性がいる。多分、服装が立派なので貴族の親子なのだろう。

私の隣には、見たことがないほど怒《いか》りを剥《む》き出しにしたアルフォンスがいて、氷のように冷たい眼差《まなざ》しを彼らに向けている。すぐ近くにはすすり泣く私の母とその母の肩を抱く父の姿があった。

多分、これは私の記憶の一部なのだろうが、なんの場面なのかは分からない。分かるのは、私の中に激しい怒りと共に深い悲しみが溢れていることだ。

アルフォンスや父の口がぱくぱくと動くのは分かるのだが声は聞こえてこない。私の体は深い深い水の底に沈《しず》んでいるかのように重く、口を開くことはおろか、指先一つ動かせなかった。

これを夢だと確信した理由は、床で土下座する親子のその向こうに、リリアーナがいるからだ。リリアーナと共に王城に行ったことはない。

なぜかリリアーナは、古びたウェディングドレスを着て、ヴェールを被《かぶ》って立っていた。

そのドレスはサイズも合っていないし、シミもあり、彼女には到底《とうてい》似合わないものだ。頭に被っているレースも随分《ずいぶん》と粗末《そまつ》だった。

だが、この姿以外に私は彼女がウェディングドレスを着ている姿を全く思い描《えが》けないのだから、結婚式の日、実際に彼女はこのドレスに身を包んでいたのだろう。

レースのせいで表情は見えにくいが、泣いているようにも、茫然《ぼうぜん》としているようにも見えた。絹の手袋をはめた細い手が、鳩尾を押さえている。あれは、リリアーナが不安を感じている時の癖《くせ》だった。

私は、とにかくリリアーナの傍に行きたかった。

だが、思うように体が動かない。名前を呼んでも、私の声も夢の中の彼らと同じく何の音も生み出さない。

リリアーナの唇が動く。

「――――」

ヴェール越しに、確かに何かを言っているのに、どうしても聞こえない。

その言葉が合図となって景色が一変し、王城ではなくなって、結婚式を挙げた教会に私は立ち尽《つ》くしている。リリアーナは、私に背を向けたまま出口へと歩いて行ってしまう。

急に動けるようになって、走り出すがどうやっても追いつけない。ただ遠く小さくなっていく背中を私は、必死に追いかけて、手を伸ばす。

教会はだんだんと闇《やみ》に塗《ぬ》りつぶされ、真っ暗になって、私の足元が崩《くず》れる。

鳩尾を押さえながら、リリアーナが俯き、そして、私に背を向ける。

「お別れです、ウィリアム様。さようなら」

この声だけ、いつも確かに聞こえるのだ。

そして、私はがらんどうの闇の中に真っ逆さまに落ちていくのだった。


「はっ……はぁ、はぁ、はぁ……」

ぱっと目を開ければ、見慣れたベッドの天蓋《てんがい》があった。

ここが自室のベッドの上であることを自覚すると、徐々《じょじょ》に全身を覆っていた緊張がほぐれていく。冷《ひ》や汗《あせ》で寝間着《ねまき》がぐっしょりと濡れていて、気持ちが悪い。

私は、腕で両目を覆って呼吸が落ち着くのを待つ。呼吸に合わせるように、ズキン、ズキンと頭が痛む。

「……また、あの夢……あれは、なんなんだ？」

あの発作的に起こる頭痛と共に毎日、こうして同じ夢を見るようになった。

体に残る倦怠感《けんたいかん》と疲労《ひろう》、直前まで夢を見ていたという感覚は残っているのだが、目覚めてもあの夢が訴えるものが分からなかった。あの赤毛の女は誰なのだろうか。

体を起こして、ゆっくりと深く息を吐《は》き出す。

サイドボードへと手を伸ばし、水差しとグラスを手に取る。グラスに注いだ水を口にすれば、また少しだけ気分が落ち着く。

部屋の中は暗く、まだ夜なのだと知る。

グラスと水差しを戻し、ベッドに沈む。天井《てんじょう》に向かって伸ばした手は、意味もなく宙を掴む。

「………どうして手が届かないんだ」

ぽつりと呟く声が、やけに耳につく。

現実で、結婚したその日にリリアーナを置き去りにしたのは、私だった。彼女が私を置いて行ったことは、現実では一度もない。いつだって彼女は私の傍に寄り添い、共にいてくれる。けれど、夢の中では私が置いて行かれるのだ。

手も足も動かず、声も出せず、彼女が去っていく背を見ていることしかできない。そして、無様に落ちていくのだ。

私は、おそらく怖いのだ。リリアーナに置いて行かれることが怖い。夢の中で私は彼女に置いて行かれることを何よりも恐れているのだ。

その理由を知るには、あの赤毛の女が重要な鍵であるのではないか、と思うのだが、何もヒントがない。初めてこの夢を見た時、私の顔色の悪さを心配するフレデリックに、何か知らないかとそれとなく問いかけたことがあった。

『そんな女は存じ上げません。まさしく夢でございましょう』

フレデリックは、淡々とそう言い切った。

私は、自分で「忘れたい」と願ったから、忘れてしまったのだと主治医は言っていた。だから、なんとなくその時、その赤毛の女が何らかの鍵を握っているのだと気付いた。

「……つぅ……ぐっ」

深く考えようとしたところで、頭痛が酷《ひど》くなり思考を放棄《ほうき》する。

思い出そうとすると、頭と心がそれを明確に拒絶してくる。明らかに何かある。何かあるのに手が届かないのは、酷くもどかしかった。

「……私は、どうすればいいんだ」

途方にくれるように呟いて、私は深々とため息を零したのだった。

幕間一 ―― エイトン伯爵の憂鬱

私――ライモス・オールウィンは、借用書の束をデスクの引き出しの奥に突っ込み、がしがしとセットされた髪《かみ》を掻《か》き回す。

今日の賭場《とば》では、読みを外して失敗し、また借金が増えてしまった。ここ二週間ほど負《ま》け越《こ》してばかりで、借金は嵩《かさ》むばかりだった。

デスクの上には、一通の手紙が無造作に置いてある。手を伸《の》ばして、封蝋《ふうろう》を乱暴に開ける。封筒《ふうとう》が少し破れたがかまう余裕《よゆう》などなく、中の便せんを取り出した。

簡単な時候の挨拶《あいさつ》とご機嫌窺《きげんうかが》い、その後に書かれているのは、セドリックに是非とも侯爵家《こうしゃくけ》へ遊びに来てほしい、という旨《むね》の内容だ。

「……今更《いまさら》何なんだ」

苦々しく吐《は》き捨《す》て、手紙をデスクの上に放る。

我がエイトン伯爵家《はくしゃくけ》には、二人の娘《むすめ》と一人の息子《むすこ》がいた。

長女のマーガレットは、私の愛するサンドラに瓜二《うりふた》つのそれはそれは美しく、愛らしい娘だ。明るく社交的で、おしゃれや流行にも敏感《びんかん》で、貴族令嬢《れいじょう》の手本のような娘だ。

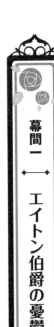

一方の次女のリリアーナは、無理やり結婚《けっこん》させられた前妻のカトリーヌに生き写しだった。性格も陰気《いんき》で教養もなく、何もできない娘だ。

確かにカトリーヌは、美しい女だったから、リリアーナも客観的に見れば美しいのかもしれないが、あれの鳩尾《みぞおち》から腰《こし》のあたりにはおぞましく、醜《みにく》い傷跡《きずあと》がある。あれが無傷であれば、貴族として他の家々と縁《えん》を繋《つな》ぐ有力な政略結婚の駒《こま》になっただろうが、あんな傷跡があるようでは何の役にも立たない。

いや、役に立たないはずだった。

その役立たずの娘は、クレアシオン王国でも指折りの大貴族へ嫁《とつ》ぎ、今や侯爵夫人だ。

相手は、スプリングフィールド侯爵ウィリアム・ルーサーフォード。先の戦争で王国を勝利に導いた若き英雄《えいゆう》だ。

一年半前、とある夜会にサンドラと共に参加していた私に侯爵が突然《とつぜん》、縁談《えんだん》を申し込んできたのだ。最初は、もちろん美しいマーガレットへの求婚《きゅうこん》だと思った。

だが、侯爵が欲《ほっ》したのは、マーガレットではなくリリアーナだった。

私もサンドラも最初は冗談《じょうだん》だと思っていたが、侯爵は本気だった。いくら病弱で嫁《よめ》には出せないと言っても、醜い娘なのだと言っても、侯爵は考えを変えなかった。

後日、二人きりで侯爵と会った時に、マーガレットがどれほど美しく賢《かしこ》い娘かという話もした。だが、侯爵は、マーガレットには僅《わず》かも興味を示さず、我《わ》が家《や》の借金を調べ上げ、三〇〇〇万リルを肩代《かたが》わりしてまで、リリアーナが欲《ほ》しいと言った。借金が解決するという誘惑《ゆうわく》に負け、私はリリアーナを侯爵にやったのだ。

婚約式《こんやくしき》も結婚式もひそやかに行われた。この一年は何の音沙汰《おとさた》もなかった。それどころか侯爵は騎士団《きしだん》の仕事が忙《いそが》しいのかほとんど家に帰らず、社交界では侯爵の電撃《でんげき》結婚からすぐに夫妻の不仲説が流れ、私はいつリリアーナが返されるかと考えていた。

だが、今年の初夏、侯爵が過労で倒《たお》れたことがきっかけとなり、二人は仲を深め、先日は侯爵家が運営する孤児院《こじいん》に共に出かけたらしい。市井《しせい》では、スプリングフィールド侯爵夫人は、月の女神《めがみ》のように美しいレディだったと、噂《うわさ》にまでなっている。

「馬鹿馬鹿しい、なにが女神だ。あれは醜い娘だ」

皆《みな》、あれが隠《かく》しているものを知らないから、軽々しくそんなことが言えるのだ、と手紙を一瞥《いちべつ》する。

どうして今になって、セドリックに会いたいなどと言い出したのか、全く分からない。

セドリックは、私とサンドラの間にできた息子だった。だが、息子は私が忌《い》み嫌《きら》う私の父親と同じ紫《むらさき》の瞳《ひとみ》に、私の母譲《ゆず》りでリリアーナと同じ淡《あわ》い金の髪を持って生まれた。顔立ちも私にもサンドラにも似ておらず、どこまでも私の父親にそっくりだった。

だからか、古くからエイトン伯爵家に仕える使用人たちは、セドリックだけを伯爵家の人間として扱《あつか》い、当主であるはずの私やサンドラ、マーガレットには一定の距離《きょり》を置いている。そもそもサンドラのことを伯爵夫人として認めていないのだ。彼らは子爵《ししゃく》令嬢であった、私の前妻のカトリーヌだけを伯爵夫人として認めている。

最年長の老執事《ろうしつじ》に至っては、遺産管理を父から任されていたらしく、両親の遺産のほとんどはセドリックのものになっている。私がどれだけ言っても、何を言っても老執事は、その遺産を私に寄越《よこ》す気がない。

確かにサンドラは、男爵家《だんしゃくけ》の出身である上、男爵の愛人との子で、その母親も平民だったために身分は低い。

だが、私にとっては唯一無二《ゆいいつむに》の愛《いと》しい人だ。奴《やつ》らは、どうしてそれが分からないのだろう。彼女以上に美しく、聡明《そうめい》で慈愛《じあい》に満ちた女性はいないというのに。

「あなた、いいかしら」

「あ、ああ、かまわない」

ゆったりとしたナイトドレスにガウンを羽織ったサンドラが姿を現す。その手には、トレーがあり私の好きなブランデーとグラスが二つ並んでいた。

「お仕事、お疲《つか》れ様《さま》。少し休憩《きゅうけい》をしてはいかが？」

「ありがとう。気が利《き》くな」

「ふふっ、あなたの妻だもの」

出会って十五年以上が経《た》つが、変わらず彼女は美しい。

ソファセットのほうに移動しようと声を掛《か》け、立ち上がろうとしたところでサンドラが、デスクの上に放ったままだった侯爵からの手紙に気が付いた。

「あら、スプリングフィールド侯爵からお手紙ですか？」

「あ、ああ。……よく分からないんだが、セドリックに会いたいらしい」

「まあ、セドリックに？」

彼女は不思議そうに首を傾《かし》げた。トレーを置き、その手が手紙を取り、中身を確かめる。

「……あんな面白《おもしろ》みのない子に会いたいなんて、変わった方。ふふっ、でも、そうでなければあの娘を妻になんて迎《むか》えないものね」

くすくすとサンドラが笑う声が心地《ここち》良い。

「だが、侯爵の意図が読めん。ここ二、三カ月の間に何度もセドリックに会いたいという手紙を寄越してくるんだ。結婚して一年は何の音沙汰もなかったのに」

私の言葉にサンドラが考え込むように顔を俯《うつむ》けた。しばらくして「きっと」と前置きして、サンドラが口を開く。

「リリアーナが、会いたいと、言ったんじゃないかしら」

「どういうことだ？　セドリックには、あれとは関わるなと言ってあるはずだ」

「……そんな約束、あの子はこれっぽっちも守ったことなんてないわ」

サンドラは柔《やわ》らかに目を細めた。

「セドリックは、わたくしたちの目を盗《ぬす》んで、リリアーナに会いに行っていたのよ。きっと、あの娘がそそのかしたに違《ちが》いないわ」

悲しげにサンドラが目を伏《ふ》せ、白い頬《ほお》にまつ毛の影《かげ》が落ちる。私は、儚《はかな》げな悲しみをまとうサンドラに歩み寄り、そっと抱《だ》き寄せる。細い体はすっぽりと私の腕《うで》に収まった。

「きちんと躾《しつ》け直さなければならんな。親の言いつけを破るなど言語道断だ」

「ええ、でももうきっと手遅《ておく》れよ。いまだにわたくしを認めない使用人たちが甘やかした結果だわ……ねえ、あなた、わたくし本当は知っているの」

私の胸に顔をうずめていたサンドラが顔を上げる。

「お義父様《とうさま》の遺産は、ほとんどセドリックが引《ひ》き継《つ》いだのでしょう？　だから、今、あなたは借金を抱《かか》えているって。なのにわたくしったら、のうのうとドレスや宝石をあなたにねだってしまったわ」

「サンドラ、君が気にするようなことじゃない」

ほろほろと涙《なみだ》を零す妻を私は慌《あわ》てて抱き締《し》め、首を横に振《ふ》る。

「……いいえ、わたくしはエイトン伯爵夫人ですもの。だから、考えたんですの」

細い指で涙を拭い、サンドラが顔を上げる。

「マーガレットを侯爵様に嫁がせましょう」

「どういう、ことだ？」

「可愛く美しいマーガレットなら侯爵様を虜《とりこ》にできるはずですもの。侯爵様に貢《みつ》がせればいいの。スプリングフィールド侯爵家には財産が有り余っているはずよ」

「だが、侯爵はリリアーナを気に入っているようだ。万が一、逆鱗《げきりん》に触《ふ》れれば、私では歯が立たない……」

「あら、実際にマーガレットに会えば、リリアーナなんかにはすぐに興味を失うわ。だって、あの子は醜い傷を持つ、役立たずだもの。それにずっと不仲だと噂されていたのに、急に仲良くなるなんてありえないでしょう？」

それもそうか、と私はサンドラの言葉に納得《なっとく》する。

「だが、リリアーナはどうするんだ？　それに侯爵はセドリックが気になるようだし……セドリックは私たちに懐《なつ》いていないからな」

「簡単よ、二人とも追い出せばいいの」

サンドラはそう言って、小首を傾げた。

「もっとまともな人間になるように、修道院に入れてしまえばいいわ。それであの老執事も追い出してしまいましょう。わたくしの友人に財産管理に詳《くわ》しい方がいて、その方の手を借りればセドリックの財産は、わたくしたちのもの。いっそ、二人とも死んだことにしてしまえば、マーガレットも嫁ぎやすくなるわ。もともと病弱な子ですから誰《だれ》も気にしないわ。社交にだって出たことのない子ですもの。エイトン伯爵家の後継《あとつ》ぎは、マーガレットの子を貰《もら》うか、親戚《しんせき》から見繕《みつくろ》えばいいもの。そのほうが都合がいいわ」

「なるほど、それは名案だ！」

貴族にとって、結婚というのは基本的には人と人ではなく、家と家が重視される。

例えば、嫁いで子を成すこともなく、若くして亡《な》くなった姉の後に妹が後妻となる、あるいはその逆というのは、この国では別段珍《めずら》しいことではないのだ。私とサンドラのような恋愛《れんあい》結婚でもない限り、政略結婚で結ばれた貴族の夫婦《ふうふ》は、相手が誰であるかより、相手の家を重要視し、そして、後継ぎを望む。

一年経っても侯爵夫妻の間には子がいない。そもそも本当に体の弱いリリアーナが子を産めるかどうかも怪《あや》しい。それならば健康で美しいマーガレットの方がいいに決まっている。

「流石は、私のサンドラだ」

「だって、わたくしは、あなたの妻ですもの。詳細《しょうさい》は全てわたくしに任せて下さいな」

そう言って、サンドラは私の腕の中で艶《あで》やかに微笑《ほほえ》んだのだった。

第三章　嵐の前

「……なんだか、暗いですね」

ソファで本を読む手を止めて、私は呟《つぶや》きました。

まだ午前中で、カーテンは開けてあるのに、部屋の中はどんよりと薄暗《うすぐら》いです。窓の傍《そば》の小さなテーブルに置かれた花瓶《かびん》に花を生けていたアリアナさんが外へと顔を向けました。私とエルサも外へと顔を向けます。

「先ほど、お花を貰《もら》いに外に出たのですが風も冷たく湿《しめ》っていて、ジャマルが嵐《あらし》が来るかもしれないと言っていました」

本にしおりを挟《はさ》んで閉じ、テーブルに置いて立ち上がります。窓辺へと行き、外の様子を見れば、庭師さんたちが忙《せわ》しなくお庭を行ったり来たりして、太い枝に支柱を立てたり、ロープで固定したり、花壇《かだん》に布を掛《か》けて杭《くい》を打ち付けたりしています。

庭師のジャマルおじいさんの天気予報は、長い人生の経験に基《もと》づいているためか、とても当たるのです。

「屋敷《やしき》の中にいれば、大丈夫《だいじょうぶ》ですよ、奥様《おくさま》」

いつの間にか隣《となり》にやって来たエルサがそう声を掛けてくれます。

「ええ。でも……ウィリアム様、大丈夫かしら」

私は、ぽつりと零《こぼ》して胸元《むなもと》で揺《ゆ》れるサファイアのネックレスを握《にぎ》り締《し》めました。

エルサに秘密を打ち明けて、心新たに今度はウィリアム様にと決意した私ですが、あの翌日からウィリアム様が忙《いそが》しくされていて、二人きりになる時間がとれなくなってしまったのです。

いつだったか「厄介《やっかい》だな」とウィリアム様が言っていた案件は有名な盗賊団《とうぞくだん》が王都近郊《きんこう》に現れたらしい、というもので騎士団《きしだん》はその対応に追われているのです。よく分からないのですが、情報がたくさんありすぎて、どこに盗賊団がいるのか、そもそも本当にいるのかと現場が混乱しているとウィリアム様は言っていました。

それに、今日の朝、ウィリアム様は食欲がなく、顔色もあまりよくありませんでした。このところ、お疲《つか》れのご様子でしたので無理が祟《たた》ったのかもしれません。

そのため騎士団に行く予定だったのですが、予定を変更《へんこう》して書斎《しょさい》でお仕事をしておられます。休んで下さいとお願いしたのですが大丈夫だと言って、言うことを聞いてくれなかったのです。

「フレデリックが傍にいますから、大丈夫ですよ。午後は無理やりにでも休ませると言っていましたもの。奥様、窓際《まどぎわ》は冷えますから、ソファに戻《もど》りましょう」

「そうですね……あの、もう少しだけ外を見ていてもいいですか？」

「……少しだけですよ」

苦笑《くしょう》を零しながらエルサが頷《うなず》いてくれました。アリアナさんがすぐにショールを持ってきて、肩《かた》に掛けてくれるのにお礼を言います。

二人は仕事に戻って、私は窓の外へと顔を向けます。

広い侯爵家《こうしゃくけ》のお庭を庭師さんたちが忙しなく走り回っています。怒鳴《どな》るように大きな声で指示を出しているジャマルおじいさんの声が微《かす》かに聞こえてきます。庭師を引退してはいますが、やっぱりこういう時は皆《みな》が頼《たよ》ってしまうのでしょう。

夏は青々としていたお庭は、少しだけ緑が暗くなって、鮮《あざ》やかに咲《さ》きほこっていた夏の花々の代わりに、秋の柔《やわ》らかく暖かな色の花々が咲き乱れています。それらは少しずつ布の下に保護されて、見えなくなっていきます。

「……あら？」

正門が開いて、二頭立ての立派な馬車が入ってきます。あれは侯爵家がお客様のために出す馬車です。

「どなたかお客様かしら」

私の呟きにエルサとアリアナさんも窓の外へと顔を向けます。

「私、確認《かくにん》してきましょうか？」

アリアナさんがエルサに問いかけます。

「ええ、お願い。帰りに厨房《ちゅうぼう》でお湯を貰ってきてちょうだい」

「はい。奥様、行って参ります！」

アリアナさんがそう言って部屋を出て行きます。エルサが「お茶の仕度《したく》をしてきますね」と廊下《ろうか》に出て、すぐに茶器のセットが乗ったワゴンと共に戻ってきます。

私はアリアナさんが整えていた花瓶から一輪、お花が落ちそうになっているのに気付いて手を伸《の》ばします。ひときわ大きな、ダリアの花でした。

チョコレート色のダリアは、あたたかな存在感があります。白とオレンジ、ピンクのコスモスの花は、なんだかアリアナさんのように元気な印象です。

「アリアナさん、お花を生けるのが上手になりましたね」

一生懸命《いっしょうけんめい》、頑張《がんば》っているアリアナさんの邪魔《じゃま》をしてはいけませんからダリアを戻して何もせずに手を引きます。

「……ええ、本当に。最初は、芸術を極《きわ》めすぎてどうしようかと思いました」

エルサが苦笑交じりに言いました。

エルサの生けるお花は、お手本のように綺麗《きれい》で凛《りん》としています。アリアナさんは、最初はなかなか個性的なお花を披露《ひろう》してくれていました。

私は、あれはあれで好きだったのですが、先輩侍女《せんぱいじじょ》のエルサからの合格はなかなか出ず、アリアナさんは四苦八苦しながら頑張っていました。

「お、奥様」

やけに慌《あわ》てた様子のアリアナさんが戻ってきました。

「お客様は、モーガン先生で、旦那《だんな》さ、っふぐ」

アリアナさんが言い切る前に後ろからにゅっと出てきた白手袋《しろてぶくろ》をはめた手が彼女の口をふさぎました。背後にはフレデリックさんが立っていました。

「奥様、モーガン先生は、旦那様の診察《しんさつ》のために来ていただきました。最初に申し上げますと、全く、一切《いっさい》、これっぽっちも命に別状はありませんし、怪我《けが》もしておりません。ただ少し、眩暈《めまい》を起こされましたので、念のためでございます」

フレデリックさんはいつも無表情で焦《あせ》った様子は見られません。逆になんだか、それが妙《みょう》に私を落ち着かせてくれ、冷静に「そうですか」と返事をすることができました。

「診察が終了《しゅうりょう》しましたら、お伝えしに参ります。その際、よろしければお見舞《みま》いをお願いできますか」

「もちろんです」

私がすぐさま頷くとフレデリックさんは「ありがとうございます」と微かに頬《ほお》を緩《ゆる》めて、アリアナさんから手を離しました。

「それでは、お騒《さわ》がせいたしました。失礼いたします」

すっと綺麗なお辞儀《じぎ》をして、フレデリックさんが退出します。

「……ウィリアム様、大丈夫かしら」

「丈夫《じょうぶ》なだけが取《と》り柄《え》ですから、大丈夫ですよ。奥様、座って待ちましょう。アリアナ、お湯は？」

「……あ。も、もう一度、行ってきます！」

はっと我に返ったアリアナさんが、空っぽの手のひらを見て、慌てて部屋を出て行きました。エルサの眉《まゆ》がぴくぴくしています。

「エルサ、怒《おこ》っちゃダメですよ。アリアナさんは、私に伝えたい一心でうっかりしてしまったのですから。うっかりは誰《だれ》にでもあることです」

エルサは「奥様は甘すぎです」と言いながら、私の傍にやって来ました。その時、がたがたっと風で窓ガラスが大きな音を立てました。びっくりして肩が跳《は》ねました。

「……風が強くなりましたね」

エルサが空を見上げるようにして言いました。私も空とお庭へと視線を走らせます。風に木々が揺れて、枝をしならせています。

私はエルサに促《うなが》されるままにソファへと戻ります。

ローテーブルの上には、旦那様が下さったお花が小さな花瓶に生けられて飾《かざ》られています。毎日、丁寧《ていねい》に手入れをしてくれているのですが、やはり少しずつしおれてきてしまっています。

「……何事もなく過ぎ去ってくれるといいのですが」

私は暗い雲が立ち込める空を見上げながら、祈《いの》るように囁《ささや》き、そっと薔薇《ばら》の花弁を撫《な》でるのでした。


ほどなくして、フレデリックさんが、診察が終了したことを伝えに来てくれました。

私は、エルサとアリアナさんと共にウィリアム様の寝室《しんしつ》へと向かいます。

ウィリアム様の寝室に入るのは、これで三度目です。一度目は、記憶喪失《きおくそうしつ》になられた時、二度目は温室で倒《たお》れた時、そして、今日です。

ウィリアム様は、広いベッドで青白い顔のまま、眠《ねむ》っていました。

「モーガン先生、ウィリアム様は……」

ベッドの傍にいたモーガン先生に尋《たず》ねます。

「今はお薬で眠っておられるだけですよ。熱もありませんし、風邪《かぜ》ではないでしょう」

「そうですか……」

ほっと胸を撫で下《お》ろして、ウィリアム様のお傍に行きます。

「お話を聞いたところによりますと、最近、夢見がよろしくないようです。それに伴《ともな》いこのところ悩《なや》まされていた慢性《まんせい》的な頭痛が悪化して、余計に睡眠《すいみん》がとれていなかったのでしょう。それで睡眠不足による貧血《ひんけつ》で眩暈を起こされたのでしょうな」

「頭痛、ですか？」

思わずモーガン先生を振《ふ》り返《かえ》ります。

私の視線を受け止めたモーガン先生は、ぱちりと目を瞬《しばたた》かせてフレデリックさんを振り返りました。フレデリックさんが首を横に振ると「おや、まあ」と零して、私に顔を戻した。

「奥様は、聞いておられなかったのですね……。この頭痛というものは、記憶の回復に伴うものでして、命に別状はないのですよ」

「……ここのところ、お忙しかったのでお疲れのご様子ではあったのですが、頭痛に悩んでいるなんて一言も……」

私はぎゅうと両手を握り締めて、俯《うつむ》きました。

ウィリアム様はお忙しい中、それでも毎日、必ず私に顔を見せて下さり、余裕《よゆう》があれば朝食や夕食は一緒《いっしょ》にとっていました。ですが、その中で一度もそんなそぶりを見せたことはありませんでした。

「弟君のことについて悩まれている奥様に、旦那様は心配をかけたくなかったのでしょう」

私は、モーガン先生の言葉に返事ができませんでした。

身勝手にも、私の中には悲しみや悔《くや》しさが溢《あふ》れていました。どうして一言も教えてくれなかったのかと怒りたくなる気持ちと、私が頼りないからだと嘆《なげ》く気持ちが一緒になって、うまく言葉が出て来ないのです。

「奥様」

フレデリックさんが私の傍にやって来ます。

「旦那様は、本当に奥様に心配をかけたくない一心で黙《だま》っていただけなのです。決して、奥様を信頼《しんらい》していなかったわけではないのです」

「……申し訳ありません、大丈夫です」

顔を上げるとフレデリックさんとモーガン先生が、困ったような顔をしていました。こういうところがいけないのだと反省しながらもう一度、申し訳ありません、と謝ってウィリアム様に顔を向けます。

「風邪でないのなら、せめて、お傍にいてもいいですか？」

「ええ、それはもちろんです」

「でしたら、椅子《いす》など用意いたしますので、少々お待ち下さいませ」

そう言ってエルサたちが仕度をしてくれます。ベッドの傍に一人掛け背凭《せもた》れ付きのソファが置かれ傍に小さなテーブル、その上には水差しとグラスが用意されます。

私はお礼を言って、ソファに座りました。すぐにひざ掛けをエルサが脚《あし》に掛けてくれます。アリアナさんが、気を利《き》かせて読みかけの本とお裁縫箱《さいほうばこ》も持ってきてくれました。

モーガン先生は、今日は様子見を兼《か》ねてお泊《と》まりになるそうで、フレデリックさんと共に出て行きました。エルサとアリアナさんも大勢いるとウィリアム様の気が休まらないだろうからと隣の部屋で待機することにしてくれました。

二人きりになった部屋にウィリアム様の寝息《ねいき》が落ちます。

毛布の上に出ていた大きな手をそっと両手で包み込みました。いつも温かいはずのウィリアム様の手は指先が冷たくなっていました。

アルフォンス様の言っていたことは、本当でした。

人づてに聞くことが、隠《かく》されていたことが、こんなにも心を抉《えぐ》るとは思いませんでした。

一番の原因は、私が頼りないからなのでしょう。フレデリックさんが言うように心配をかけたくないという気持ちも分かります。

ですが、こんな風に具合が悪くなってから知らされるほうが心配ですし、不安になります。

きっと以前の私なら、こんな風に思うことはなかったでしょう。でも、ウィリアム様を恋《こ》い慕《した》う今は、強く胸が締め付けられるのです。

好きや愛《いと》しいという感情が、ここまで心のありように変化を与《あた》えるだなんて、知りませんでした。

「……自分勝手ね、リリアーナ」

ぐすっと鼻をすすって、目から零れそうになったものも我慢《がまん》しました。

私は、少しでもウィリアム様の手が温まるように両手で握り締め、静かに眠るウィリアム様をぼんやりと見つめながら、彼が目覚めるのをじっと待つのでした。


ウィリアム様は、私が夕食を済ませても、湯浴みを済ませても尚《なお》、深く眠り続けたままでした。

私はネグリジェに厚手のガウンを羽織り、今もウィリアム様のお部屋にいました。エルサに「風邪を引きますから」と窘《たしな》められましたが、ウィリアム様のお傍を離《はな》れたくなくて、わがままを言ってこうしてお傍にいます。

心を落ち着けようと、ウィリアム様のハンカチに刺繍《ししゅう》を刺《さ》します。毎日、少しずつですが進めている刺繍は、大分、完成に近づいています。

「うぅ、ぐっ……」

呻《うめ》くような声に顔を上げれば、眉根を寄せて魘《うな》されるウィリアム様がいました。額に冷《ひ》や汗《あせ》がびっしりと滲《にじ》んでいます。

私はやりかけの刺繍を傍《かたわ》らに置いて立ち上がり、濡《ぬ》らしたハンカチで額や頬を拭《ぬぐ》います。

ウィリアム様は、怖《こわ》い夢でも見ているのか何度もこうして魘されていますが、お薬のせいか声を掛けてもお目覚めにはなりません。ですので、私はウィリアム様の汗を拭い、時折、その手を握り締めていることしかできないのです。

ガタガタと風に窓が揺れます。

厚い雲に覆《おお》われた夜空は、星明かり一つなく、外は深い深い闇《やみ》に覆われています。サイドボードに置かれたシェードランプの光だけが、緩やかに部屋を照らしていました。

「……で、……どうし、て……っ」

はぁはぁと荒《あら》い呼吸と一緒に落とされた言葉は本当に辛《つら》そうでした。

申し訳ない気持ちもありますが、無理やりにでも起こして、怖い夢を一度終わらせたほうがいいのではとウィリアム様の肩に手を伸ばして、少し強めに揺すります。

「ウィリアム様、ウィリアム様、起きて下さいませ」

「ぐっ、ぅう……っ」

「ウィリアム様」

もう一度、今度は頬をぺちぺちと叩《たた》きます。やっぱり起きてくれないでしょうか、と眉を下げた時、ようやくウィリアム様のまつ毛が震《ふる》えて青い瞳《ひとみ》が現れました。ゆっくりと青い瞳が動いて私を見つけます。

「……リ、リリアーナ……?」

「はい、リリアーナです」

私が答えるとウィリアム様は、深々と息を吐《は》き出《だ》して腕《うで》で両目を覆ってしまいました。頭が痛むのかもしれません。

私は握り締めたままだったウィリアム様の手を放して、水差しからグラスに水を注ぎます。ついでに横にあったベルを鳴らしました。起きたら呼ぶようにと言われていたのです。すぐにエルサたちが来てくれるでしょう。

「お水をどうぞ」

「……ありがとう」

グラスを差し出すとウィリアム様は、僅《わず》かに体を起こしました。横からすっと手が差し伸べられて、その先を辿《たど》ればいつの間にかフレデリックさんがいました。

フレデリックさんに支えられたままウィリアム様は、一気に水を飲みました。空になったグラスを受け取ると、ウィリアム様は、そのまま体を起こしました。エルサとアリアナさんが、すかさずウィリアム様の背中にクッションを入れて楽に座れるようにします。

「……もう夜か」

「はい。モーガン医師に処方していただいたお薬を飲まれたので深く眠られていたようです。その間、ずっと奥様がお傍にいて下さったのですよ」

「そうか、心配をかけてしまったようだ、すまない、リリアーナ」

ウィリアム様が申し訳なさそうに言いました。

「……不調は隠さない、と温室で倒れた時に約束して下さいましたのに……。私では頼りないかもしれませんが、倒れてからお医者様を呼ぶことになるのは、心臓に悪いです」

こんなみっともない八つ当たりのような言葉を口にするつもりはなかったのに、気が付けば勝手に私の口から溢れていました。

ウィリアム様がぱちりと大きく目を見開きます。

「す、すまない、リリアーナ……っ」

大きな手が私の頬に伸びてきて、私の頬を包み込みます。

「泣かないでくれっ、次から絶対に言う。君に心配をかけることになっても言うから！」

その言葉に頬が濡れていることに気付いて、目を瞬かせます。どうやら勝手に涙《なみだ》が零れてしまっていたようです。

青い瞳が懇願《こんがん》するように私を見つめていて、逃《に》げるようにそっと目を伏《ふ》せました。

旦那様に休んでいただきたいのに、こんな風に心配をかけてしまうからいけないのでしょう。今はお傍にいないほうがいいのかもしれません。

「申し訳ありません。……私がいては休めませんね、今夜はゆっくりとお休み下さい」

ウィリアム様の手から逃げるように一歩下がり、会釈《えしゃく》をして踵《きびす》を返そうとした時でした。

「きゃっ」

視界の端《はし》っこにエルサの驚《おどろ》いた顔が映り込みました。

ぐいっと腕をとられたかと思ったら、背中に何かがぶつかりました。それだけではなく、力強い腕が私をこれでもかと抱《だ》き締めています。

ぱちぱちと目を瞬かせる私の視界では、エルサたちもぱちぱちと目を瞬かせていました。フレデリックさんでさえ、驚きを微かにその顔に滲ませています。

「ウィリアム様？」

こんな風に乱暴に抱き締められたのは、初めてでした。息が苦しいくらいに力強い腕が私を強く抱き締めていて、まるで私が逃げるのを恐《おそ》れているかのようでした。

「……いか……れ」

微かに震える声が耳元で何事かを囁きます。肩に顔がうずめられていてその表情は窺《うかが》えません。

どうにもウィリアム様の様子が変です。普段《ふだん》だったら間違《まちが》いなくこういう場合、私をウィリアム様から取り上げるであろうエルサもおろおろしています。

「ウィリアム様、どうなさいました？」

お声を掛けますが返事がありません。ただぎゅうと私を抱き締めています。私からはどうやっても琥珀色《こはくいろ》の髪《かみ》しか見えません。

少し悩んで私は、エルサたちに顔を向けます。

「……二人きりにしてほしいのです」

私の言葉にエルサは少し悩んで、フレデリックさんを振り返りました。アリアナさんがおろおろと成り行きを見守っています。エルサの視線を受け止めたフレデリックさんは、ウィリアム様の様子を窺うように微かに目を細めた後、仕方なしと言わんばかりにため息を零しました。

「かしこまりました。奥様、ここでしっかり反省させて、以降、同じようなことを繰《く》り返さないようきっちりと躾《しつけ》をよろしくお願いいたします」

「奥様、何かありましたらすぐに呼んで下さいね。隣の部屋におりますので」

「分かりました。ありがとうございます」

私がお礼を言うと三人はすっと頭を下げて、退出していきます。

広いお部屋に二人きりになると、カタカタと窓を揺らす風の音がやけに響《ひび》いて聞こえました。嵐が近づくにつれて時折吹《ふ》く風も強さを増しています。

私を抱き締める腕の力は、少しも弱まりません。ですが、何かに怯《おび》えるように震えているウィリアム様を無理に引《ひ》き剝《は》がすことなんて、私にはできません。

「……夢を、見るんだ」

どれくらいそうしていたでしょうか。ひと際、強い風が窓ガラスを揺らした時、ウィリアム様が口火を切りました。

私はウィリアム様の腕に手を添《そ》えて、言葉の先を待ちます。

「毎日、毎日、同じ夢を繰り返し見るんだ」

ウィリアム様の声は、弱々しく震えていました。

「そこは、王城の一室で赤い髪の女とその両親と思われる二人がいて、私の両親と、隣にはアルフォンスもいる。女とその両親はどうしてか私に謝るように頭を下げていて、アルフォンスは怒り、私の両親は悲しんでいた。彼らが何かを喋《しゃべ》っているのは分かるんだが、その夢の中は音がないんだ。私も声が出ない。……君は、古いウェディングドレスを着ていて、レースのヴェールを被《かぶ》って立っているんだ」

その赤い髪の女性こそがロクサリーヌ様なのかもしれません。

「私は、君のところに行きたいのに、体が動かせないんだ。でも、君がヴェールの下で何かを言うのは分かる。分かるのに、私には聞こえないんだっ。それでも無理やり、一歩を踏《ふ》み出すと教会に場所が変わって、私はなおも君を引き留めようとする。でも、どうやっても手が届かなくて、君が言うんだ。『お別れです、ウィリアム様。さようなら』と……っ」

耐《た》えがたい感情を吐き出すような吐息《といき》が私の肩に触《ふ》れました。

「君が、自分と向き合って伯爵《はくしゃく》夫妻に怯えたくないと、私の妻でいたいと言ってくれて、私も全てを思い出したいと、それまで以上に強く願った。あれからずっと、毎日、毎日、君を失う夢ばかり見るんだ……っ。不調は隠さないと約束したのに、でも、君にこの夢の話をしたら現実になってしまうかもしれないと、そう考えたら、怖くて仕方なかった……っ」

腕の力が緩んで、私は体の向きを変えて、ようやくウィリアム様の顔を見ることができました。俯くウィリアム様の顔を覗《のぞ》き込みます。泣いているのかと思った青い瞳は昏《くら》い色をしていました。

「……私は、全てを思い出したら、君を、失ってしまうのだろうか……それは、そんなのは……――嫌《いや》だ」

私ばかりがウィリアム様に忘れられて、失うことに怯えているのだと思っていました。ウィリアム様がこんな風に私を失うことに怯えているなんて、想像したこともありませんでした。

「君を一年放置したのは、間違いなく私で、君を傷付けたのも私だ。もっと早く私が君と向き合っていれば、セドリックにだってもっと早く会えただろう。……私は、私が分からない。都合良く、何もかもを忘れて幸せを望もうとする自分が、君を望む自分が、情けなくて、弱くて、嫌になる。本当の私は、君のような清廉《せいれん》な人には、相応《ふさわ》しくない」

自分を嘲《あざけ》るように嗤《わら》って、ウィリアム様は顔を俯けました。

私の知るウィリアム様は、優《やさ》しくて頼りになって誇《ほこ》り高《たか》い強い人でした。

でも、私の浅ましい心は、その頼りなく弱った姿を愛しいと感じるのです。抱き締めて、守って差し上げたいと、いみじくも願ってしまうのです。

でも、きっとそれは今の私にはまだ許されないことなのです。

「相応しくないのは、きっと……私のほうです。だって私はまだ貴方《あなた》に秘密を打ち明けていません」

心臓がどくどくと脈打っているのに、なぜか心は凍《こお》ってしまいそうなほど怯えていました。

「無理に、話す必要はない。たとえどんな秘密があろうとも、私の妻はこの世で君だけだ」

その言葉に甘えてしまいたくなってしまいます。

ですが、それではだめなのです。私はいつまでたってもあの人たちに怯え続けて、ウィリアム様と本当の意味で向き合えないままなのです。

エルサにはウィリアム様が困ってしまうからこの想《おも》いは伝えないと言いました。でも本当は、きっと私は怖いだけなのです。この醜《みにく》い傷跡《きずあと》を知ったウィリアム様に嫌《きら》われることが、疎《うと》まれることが、お継母様《かあさま》の振るう鞭《むち》より、何よりも怖いのです。

でも、ウィリアム様はこれまで何度も私に約束して下さいました。忘れないと、嫌いになんてならないと、何度も何度も言葉を重ねて約束して下さいました。

私は、そう言って下さったウィリアム様を信じると決めたのです。それを証明するためには勇気を出して、言葉にして伝える必要があるのです。

「私が、七歳の時でした。父と二人で馬車に乗ってどこかへ行く途中《とちゅう》、暴漢に襲《おそ》われたのです」

青い瞳が大きく揺らぎました。

私はその目をじっと見据《みす》えたまま、できる限り冷静にと念じながら言葉を紡《つむ》ぎます。

「短剣《たんけん》が私の鳩尾《みぞおち》から腰《こし》にかけて振り下ろされて、そこに得体のしれない薬品がかけられました。その後のことは、怖くて痛かったこと以外、実はあまり覚えていないのです。次に目覚めた時は、ベッドの上でした」

ウィリアム様を抱き締める腕をほどいて、私は彼から少しだけ距離《きょり》を取ります。

ベッドの上に座り込んだまま、ガウンを脱《ぬ》いで、ネグリジェのボタンを一つ一つ外していきます。緊張《きんちょう》と恐怖《きょうふ》で手が震えて、ボタンが外せません。それでもどうにか外しきって、私はシュミーズに手を掛けました。ゆっくりと震える手で捲《まく》り上《あ》げます。何故《なぜ》か頰に涙が伝って落ちていきますし、手も勝手に震えています。自分の体だというのに憎《にく》たらしいほど言うことを聞きません。

シェードランプに照らされた肌《はだ》を見て、ウィリアム様が息を吞《の》んだ音が聞こえました。

ウィリアム様の視線の先には、醜い傷跡があります。鳩尾から腰へと長々と伸びるボコボコした傷跡を覆う皮膚《ひふ》は、赤と紫《むらさき》に変色しています。成長する過程で引き攣《つ》れた皮膚はひび割れて、余計に醜い傷跡へと変化していったのです。

「以前、貴方は私を美しいと言ってくれました。でも、本当はこれっぽっちも美しくないのです……っ」

滲んだ視界では、ウィリアム様がどんな顔をしているのか分かりませんが、自分がどんな顔をしているのかも分かりませんでした。ただいつもの癖《くせ》で笑おうとしていることは、なんとなく分かりました。

「やっぱり、君は強く美しい人だよ」

穏《おだ》やかな声が落ちて、気付いた時には強く強く抱き締められていました。ウィリアム様の激しく脈打つ心臓の音が聞こえます。

「強いというのは腕っぷしだけじゃない。美しいというのは見た目だけじゃない。……私にこの傷を告白してくれた君の強さを、いつも誰かの心を思いやれる君の優しさを私は美しいと心から思うんだ」

苦しいくらいに抱き締められて、息が止まってしまいそうです。

「……痛かっただろう？」

労《いた》わるような声音《こわね》で尋ねられて、私は反射的に頷いてしまいました。鼻の奥がつんとして、収まったはずの涙がまた目頭《めがしら》を熱くします。

「怖かっただろう？　苦しかっただろう？」

こくん、こくん、と子どもみたいに、ただ頷く私をウィリアム様は強く強く抱き締めてくれます。

「それでも君は、今、私の腕の中にいてくれる。こうして抱き締めて、温《ぬく》もりを確かめることができる」

心の底からの安堵《あんど》がそこに滲んで、彼の声が震えていました。いえ、声だけではありません。私を抱き締める腕も手もその声と同じように震えています。

「この傷跡は、醜さや弱さの証《あかし》なんかじゃない。君が痛みも苦しみも乗《の》り越《こ》えて、生き延びて、そしてなお、笑ってくれる君が強く美しいという証だ」

腕の力が緩んで、頬に添えられた手に促されるまま顔を上げると涙を流しながら優しく笑うウィリアム様がいました。

「……君が、生きていてくれて良かった……っ」

両手で口元を覆って私は、鮮やかな青い瞳を見上げます。そうしなければ、声を上げて泣いてしまいそうでした。

ウィリアム様の顔が近づいてきて、涙を掬《すく》うように唇《くちびる》が頬に触れます。

「私は、この国の英雄《えいゆう》と言われる男なのに……君を失うことが何より怖いんだ。君が生きていてくれて、本当に本当に良かった……っ」

大きな手がネグリジェの上から私の傷痕に触れました。優しく労わるようにそっと触れる手に自分の手を重ねます。

「教えてくれて、私を信じてくれて、生きていてくれて、ありがとう、リリアーナ」

私の心臓がその一言に嬉《うれ》しそうに鼓動《こどう》を刻みました。

不思議です。今の私にはもう何も怖いものなんてないように思えました。

「ウィリアム様、貴方が私に何度もして下さった約束が私を強くしてくれました」

青い瞳が私をじっと見つめています。

「今度は私が貴方に約束します。ウィリアム様の記憶が全て戻って、もしもウィリアム様が私を忘れてしまっても、私をもう一度嫌いになってしまっても、私は貴方の傍にいます。私だってもうただ怯えて引きこもっているだけではなく、自分の意志で貴方に寄り添いたい。役立たずのリリアーナではなく、貴方の妻である私は、貴方の優しさを知っているから、何があっても絶対に貴方のお傍にいます」

「リリアーナ……」

驚いたように目を瞬かせたウィリアム様が、くしゃりと泣きそうな顔で笑って私の頬を撫でてくれます。

追いかけるようにその手に自分の手を重ねて、私は心からの笑《え》みを浮《う》かべてみせます。

「私、貴方と幸せになりたいです、ウィリアム様」

震える手が、声が、怯えた眼差《まなざ》しが、それでも勇気を振り絞《しぼ》って告白してくれた彼女の秘密は、あまりにも彼女には不似合いだった。

確かにモーガンが言っていたように、私の手を広げたよりも大きな傷跡は、リリアーナにとって絶望にも似ていたのかもしれない。

その傷跡を見て、私は彼女が生きていることが奇跡《きせき》だと一番に思った。七歳の小さな少女が負ったこの傷は、下手をすれば彼女の命を奪《うば》っていたとしてもおかしくなかった。

腕の中に閉じ込めるように抱き締めた彼女の温もりに、私は溢れる涙を止めることができなかった。

「教えてくれて、私を信じてくれて、生きていてくれて、ありがとう、リリアーナ」

私の心からの言葉にリリアーナは顔を上げた。

「ウィリアム様、貴方が私に何度もして下さった約束が私を強くしてくれました」

星色の瞳が深い信頼と共に私を見つめる。

「今度は私が貴方に約束します。ウィリアム様の記憶が全て戻って、もしもウィリアム様が私を忘れてしまっても、私をもう一度嫌いになってしまっても、私は貴方の傍にいます。

私だってもうただ怯えて引きこもっているだけではなく、自分の意志で貴方に寄り添いたい。役立たずのリリアーナではなく、貴方の妻である私は、貴方の優しさを知っているから、何があっても絶対に貴方のお傍にいます」

「リリアーナ……」

私がどれだけ言葉を重ねても、いつもどこかで諦《あきら》めていた彼女が、こんな風に言ってくれたことがたまらなく嬉しかった。

きっと私の顔に浮かんだ笑みは不格好なものだっただろう。彼女の傷に触れる手とは反対の手でその頬を撫でれば、小さく細い手が重ねられる。

「本当に君はいつも私を救ってくれる」

その瞬間《しゅんかん》、ふわりと花開くように美しい笑みが私の手の中で咲く。

「私、貴方と幸せになりたいです、ウィリアム様」

リリアーナが紡いだ言葉に、私の呼吸が止まる。

「……そう、だ」

「ウィリアム様？」

訝《いぶか》しむようにリリアーナが私を呼ぶ。

「あの時、君は『幸せになれるかしら』と……そう、言ったんだ」

言葉にしたと同時に、頭の中に溢れ出した記憶が鮮やかに色と喧騒《けんそう》を取り戻す。それと同時に頭が割れるような頭痛が私を襲う。

「あああっ、ぅうっ……」

私は割れそうな頭を両手で押さえるようにして、ベッドに突《つ》っ伏《ぷ》す。

結婚式《けっこんしき》の日、ヴェールの下でリリアーナは不安そうに「幸せになれるかしら」と呟いたのだ。そこにほんの僅かに希望を滲ませて。

不安げに寂《さび》しげに佇《たたず》む彼女を、幸せにしてやりたいと、私も幸せになりたいと確かに感じたが、それを自覚すると同意に否定した。

私はその言葉を聞かなかったことにした。

どうして？　何故？

「うらぎられる、のが……わたしは、こわかっ……たっ、ああっ！」

赤い髪の女が謝罪する声が、彼女の両親がすすり泣く声が、アルフォンスの怒鳴り声が私の頭の中でこだまする。

「ウィ、ウィリアム様……っ？　だ、誰か、エルサ！　エルサ！」

リリアーナが悲鳴交じりに人を呼ぶ。すぐにドアが開く音がして騒がしい足音が聞こえ、フレデリックがモーガン医師を呼ぶように誰かに言いつける声がした。

「今すぐモーガン医師を！」

「エルサ、エルサ、ウィリアム様がっ」

「大丈夫です、奥様、落ち着いて下さい」

記憶が濁流《だくりゅう》となって私を呑《の》み込んでいく。弱い私を護《まも》ろうとして、余計なものを、不要なものを押し流そうとする濁流に私は逆らって、手を伸ばした。

リリアーナに伝えたい想いが、言葉があるのだ。

体を起こし、目の前にあった細い体を抱き締めた。

「忘れないっ、絶対に……忘れてなんかやるものかっ」

「ウィリアム様……っ？」

「君に伝えたい、ことがっ、うぅっ……あるんだ」

痛みがますます強くなり、意識が朦朧《もうろう》とし始める。

「む、無理に喋らないで下さい……っ」

細い手が縋《すが》るように私の首に回される。小さな耳に唇を寄せ、私は意地だけで喉《のど》を振るわせ、唇を動かす。

「……まっていて、くれ、リリアーナ……っ」

辛《かろ》うじて吐き出した言葉が彼女の耳にどうか届いていてくれと願って、私はついに意識を手放し、溢れる記憶の中へと沈《しず》んでいくのだった。

第四章 ― 突然の来訪と再会

ザァザァと烈《はげ》しい雨の音に世界が呑《の》み込まれてしまうような朝でした。

はぁはぁと荒《あら》い呼吸が雨音に紛《まぎ》れるように繰《く》り返《かえ》されます。

私は、冷たい水に浸《ひた》したタオルを絞《しぼ》って、ウィリアム様の額に乗せ直します。

昨夜、突然《とつぜん》、苦しみ始めたウィリアム様は「待っていてくれ」と私に言って意識を失ってしまったのです。その上、夜中に発熱し、かなりの高熱に魘《うな》されていました。

明け方、私も少しだけ仮眠《かみん》を取らせてもらい、それからはずっとこうしてウィリアム様のお傍《そば》にいます。

「奥様《おくさま》、ランチを食べて少しだけでも、休んで下さいませ」

振《ふ》り返ればエルサがワゴンに料理を乗せ、フレデリックさんと共に部屋に入ってきました。ワゴンには、ゆらゆらと湯気の立つミルク粥《がゆ》が乗せられていました。

「そうですよ、奥様。あまり根を詰《つ》めすぎるとお体に良くありません」

フレデリックさんが優《やさ》しく声を掛《か》けてくれます。

「ですが、お傍にいると約束したのです」

私は枕元《まくらもと》に置いてあったハンカチでウィリアム様の首筋に流れた汗《あせ》を拭《ぬぐ》います。

昨夜、すぐに駆《か》け付《つ》けてくれたモーガン先生は、ウィリアム様の様子や私の話を聞いて、ウィリアム様が私の言葉をきっかけに記憶《きおく》を思い出された可能性が高いと言っていました。私もウィリアム様が、苦しそうに途《と》切《ぎ》れ途《と》切《ぎ》れに紡《つむ》いだ言葉は、何かを思い出したからこそだと感じています。

私自身はよく覚えていないのですが、結婚式《けっこんしき》の日、私は「幸せになれるかしら」と呟《つぶや》いたらしいのです。ウィリアム様は、裏切られるのが怖《こわ》かったと、そうも言っていたのですが、関連性がよく分かりません。やはり、目覚めた彼の口から直接聞くしかないのです。

「奥様、あまり思いつめないで下さいませ。旦那《だんな》様は、きっとすぐに目覚めますよ」

エルサの手が私の肩《かた》にそっと触《ふ》れます。

「そうですよ、奥様。それに朗報がございます」

フレデリックさんが私の目の前に大きな封筒《ふうとう》を差し出しました。

「これは……？」

「セドリック様の後見人変更届《へんこうとどけ》の許可証と必要な書類です。先ほど届いたのです」

思わずフレデリックさんを見上げます。

私でも分かるほど優しく微笑《ほほえ》んだフレデリックさんは、こくりと頷《うなず》いて封筒の中から一枚の紙を取り出しました。

「ここにエイトン伯爵《はくしゃく》からサインを頂ければ、それで完了《かんりょう》でございます」

「ほ、本当ですか？」

「ええ、本当でございます。旦那様が起きましたら、すぐにでも参りましょう。ああ、旦那様は体力だけは無駄《むだ》にありますからね、多少寝込《ねこ》んだくらいではどうということはありませんよ。乳兄弟《ちきょうだい》の僕が保証します」

そう言ってフレデリックさんは、書類を封筒に戻《もど》すと、旦那様の枕元に置きました。

「良かったですね、奥様」

エルサが自分のことのように喜んでくれます。私は、嬉しくて涙《なみだ》が出そうになるのを耐《た》えながら、はい、と辛《かろ》うじて頷きました。

やっと、愛《いと》しいセドリックに会いたいという願いが現実味を帯びました。じわじわと胸に溢《あふ》れる喜びを早くウィリアム様と共有したいです。セドリックのことをとても気にかけて下さっていたので、ウィリアム様も絶対に喜んで下さるはずです。

沈《しず》んでいた気持ちが少しだけ上を向いたような気がした時、それは突然、訪《おとず》れました。

コンコンコン、と忙《せわ》しないノックの音がして返事をするより早くドアが開き、アリアナさんが部屋に飛び込んで来ました。

「アリアナ、いきなり開ける……アリアナ？」

エルサが注意しようとしますが、アリアナさんの顔色が真っ青なことに気付いて言葉が止まります。

「どうしたんです？」

フレデリックさんが首を傾《かし》げます。

「お、奥様にお客様が……」

「私に？」

心当たりはアルフォンス様くらいですが、アルフォンス様だったらアリアナさんがこんな顔色になるわけがありません。

「エ、エイトン伯爵夫人……サンドラ様が奥様に、会いたいと」

アリアナさんの口から零《こぼ》れた名前に私は息を呑みました。

「アーサーが断ったのですが、強引《ごういん》に入って来て、応接間でお待ちです……っ」

フレデリックさんが、素早《すばや》く窓の外を確認《かくにん》します。

「……ふむ、間違《まちが》いなくエイトン伯爵家の馬車ですね。アリアナ、用件はなんです？」

フレデリックさんがアリアナさんに尋《たず》ねます。

「そ、それが……セドリック様のことでお話がある、と」

「奥様、絶対に罠《わな》です。アリアナと共にここにいて下さいませ、私とフレデリックが追い出してきます」

額に青筋を浮《う》かべたエルサが去っていこうとするのを止めます。

「待って下さい、エルサ」

私はソファから立ち上がり、胸元《むなもと》のネックレスを握《にぎ》り締《し》めてからエルサを見上げます。

「お会いします」

「奥様っ！」

エルサが信じられないとでも言いたげに首を横に振りました。

「私はあの女が奥様にした仕打ちを何一つ許す気はございません！　あんな危ない女に会うだなんて！」

「いいえ、エルサ。ここで逃《に》げたら私は永遠にあの人に怯《おび》えて逃げ続ける人生になってしまいます。それにセドリックに何かあったのなら、会わないわけにはまいりません」

「ですがっ」

「エルサ。私たちがいるんだから伯爵夫人が奥様に何かしようとしたら実力で阻止すればいい。話を聞くだけ、聞いてみよう」

フレデリックさんが私に加勢して下さいます。エルサは、私とフレデリックさんの顔を交互《こうご》に見た後、渋々《しぶしぶ》ながら頷いてくれました。

「奥様、こんな大事な時に寝ている旦那様に代わって、絶対にエルサが護《まも》って差し上げますからね」

「ふふっ、心強いです。ありがとう、エルサ」

やっぱりどんな時でもエルサは頼《たよ》りになります。

私は、身仕度《みじたく》を整える前にウィリアム様に声を掛けます。

「ウィリアム様、どうか早くお目覚め下さいね」

優しく琥珀色《こはくいろ》の髪《かみ》を指先で梳《す》いて、私は顔を上げたのでした。


「わたくしを待たせるなんて、相変わらずのろまな子ね」

ばさりと繊細《せんさい》な黒い扇子《せんす》が広げられて、真っ赤な口紅が彩《いろど》る口元が隠《かく》されました。

やはり十五年分の恐怖《きょうふ》が、本能的に彼女を忌避《きひ》しますが、今は逃げるわけにはいきません。それにここは侯爵家《こうしゃくけ》で、傍にはエルサとフレデリックさん、アリアナさんにアーサーさんもいて下さるのですから、怖いことなんてありません。

「申し訳ありません、お継母様《かあさま》」

私は軽く頭を下げて、ソファに腰《こし》を下ろしました。既に紅茶の仕度《したく》がされていました。

今日のサンドラ様も一分《いちぶ》の隙《すき》もない装《よそお》いです。胡桃色《くるみいろ》の髪は一筋の乱れもなく結《ゆ》い上《あ》げられ、黒を基調とした上品なドレスを身にまとい、小さな宝石がいくつも連なり輝《かがや》くネックレスを身に着けていました。背後には侍女《じじょ》と思われる方が一人控《ひか》えています。

「……随分《ずいぶん》と身綺麗《みぎれい》にしてもらっているのねぇ」

私の頭の天辺《てっぺん》から足の先まで、ゆっくりと視線を走らせてサンドラ様が言いました。

「侯爵家の皆様《みなさま》は、とても良くして下さっています」

「そう、良かったわ。貴女《あなた》も、わたくしの大事な娘《むすめ》ですもの」

ふふっと軽《かろ》やかな笑い声が落とされました。

サンドラ様の一番怖いところは、常に微笑みを絶やさないところです。私を鞭《むち》で打つ時も、私を罵《ののし》る時も、いつも彼女は微笑んでいるのです。

「今日は、侯爵様はお仕事かしら」

「はい」

私は咄嗟《とっさ》に嘘《うそ》をつきました。旦那様の不調を知られてはいけないと思ったのです。

雨がまた一層激しくなったのか、窓に打ち付ける音が大きくなった気がしました。

「お継母様、今日は何の用があっていらしたのですか？　突然でしたから、驚《おどろ》きました」

私の問いかけにサンドラ様は、そうだったわ、と扇子を畳《たた》みます。

「セドリックが貴女に会いたがっているの」

心臓がばくばくと音を立てます。私は必死に平静を装うために、言葉を選びます。

「セドリックが、ですか？　私とあの子は、関わりがあまり」

「いいのよ、隠さなくて」

うふふっとサンドラ様は笑います。

「ずーっと、隠していたみたいだけれど、あの子はわたくしたちに黙《だま》ってよく貴女の部屋に会いに行っていたものねぇ」

すっと血の気が引いていきます。

「でも仕方ないわね。セドリックと貴女は、血の繋《つな》がった姉弟《してい》だもの。幼いあの子はやんちゃで、体の弱い貴女に何かしたら大変だと思って会わせなかっただけなの。許してね」

再び開いた扇子で口元を隠しながらも申し訳なさそうにサンドラ様は言いました。

「い、いいえ、そんな……」

「だから、すぐに会ってあげてほしいの。実はあの子、風邪《かぜ》を引いて寝込んでしまったの」

その言葉が嘘なのか、本当なのか見極《みきわ》めようとそのヘーゼル色の瞳《ひとみ》を見つめますが、柔《やわ》く微笑み続ける眼差《まなざ》しからは、真実も嘘も見つけられません。

「酷《ひど》く貴女を恋《こい》しがって、泣いているのよ。わたくし、とてもとても心が痛んで……」

そう言ってサンドラ様が立ち上がり、私の目の前にやって来て膝《ひざ》をつきました。エルサたちの空気が強張《こわば》ったのを感じます。

サンドラ様は膝の上にあった私の手に、黒いレースの手袋《てぶくろ》に包まれた手を重ねました。氷のようにひんやりしています。

「お願い、リリアーナ。これからわたくしと一緒《いっしょ》に伯爵家に戻って、あの子に会ってあげてちょうだい。それでしばらくの間、傍にいてあげてほしいの」

「で、ですが……」

絶対に何か裏があるに違《ちが》いありませんが、彼女の目的が私には分かりません。

するとサンドラ様が私に顔を近づけ、周囲に聞こえないように囁《ささや》きます。

「……わたくしは別にかまわないけれど、お父様はセドリックが言いつけを破って、お前と会っていたことに、酷く、酷く怒《おこ》っているのよ。お前がいない今、その怒《いか》りは誰《だれ》に向けられるか……分かるわね」

鞭がセドリックを襲《おそ》う幻影《げんえい》が見えて、唇《くちびる》を噛《か》み締めました。

ヘーゼルの瞳は、底知れぬ恐《おそ》ろしさをまとって緩《ゆる》やかに細められています。

「……分かり、ました。参ります」

「まあ、良かったわ」

サンドラ様が私の手を放し、嬉しそうに立ち上がりました。

「エルサ、これから伯爵家に参ります。仕度を」

「奥様、でしたら私もお連れ下さい」

「あら、だめよ」

エルサの言葉にサンドラ様が返します。

「セドリックは人見知りなの。知らない人が来たら気分が悪くなってしまうわ」

さも心配そうにサンドラ様が言いました。どうしても私一人を伯爵家に連れ帰りたいようです。言い返そうとしたエルサを制して、サンドラ様に声を掛けます。

「お継母様、先に馬車でお待ち下さいませ、仕度を整えてすぐに参ります」

「分かったわ。でも、早くしてちょうだい。これ以上、雨が酷くなったら大変だもの」

サンドラ様が応接間を出て行き、侍女が影《かげ》のようについていきます。アーサーさんがその背を追いかけていきました。

「奥様、正気ですか?」

ドアが閉まった途端《とたん》、エルサが詰め寄ってきます。

「ええ、正気です」

私がきっぱりと言い切ると、エルサは喉《のど》まで出かかっていたのであろう言葉がうまく紡げず、ぱくぱくと唇を震《ふる》わせました。

「私が行かなければ、セドリックに何をされるか分かりません。愛するあの子を護れるのは私だけです」

「……ですが」

「エルサ」

私はエルサの手を取り両手で握り締めます。

「私は大丈夫《だいじょうぶ》。必ず帰ってきます。私の家はこのルーサーフォード家だけですもの。でも、もしも迎《むか》えに来てくれるなら、ウィリアム様に『お待ちしています』と伝えて下さい」

　ね、と微笑んでエルサを見つめます。紺色《こんいろ》の瞳が不安そうに揺《ゆ》れていて、これではいつもと立場が反対です。

「……分かりました。ですが、私は優秀《ゆうしゅう》な侍女でございます。暢気《のんき》に寝ている旦那様を叩《たた》き起《お》こしてすぐにでもお迎えに参ります」

　エルサの手が私を握り返してくれます。

「ありがとう、エルサ。ではすぐに泊《と》まりの仕度をお願いできるかしら」

「分かりました、お待ち下さいませ。アリアナ、行きますよ」

「は、はい！」

　エルサが力強く頷き、アリアナさんを連れて応接間を出て行きます。

「……本当に、行かれるのですか？」

　静かになった部屋でフレデリックさんが私に尋ねます。

「はい、参ります」

　緑の瞳を真《ま》っ直《す》ぐに見つめて、私は答えました。

　本当は怖いです。でも、私にはエルサもフレデリックさんもアリアナさんも、そして何よりウィリアム様がいます。もう一人ではないのです。

「私には、お守りもありますから」

青く輝くサファイアを握り締めると、不思議と勇気や力が湧《わ》いてくるのです。

「……奥様、必ず旦那様を叩き起こして、お見舞《みま》いと銘打《めいう》って参りますので、セドリック様とピクニックで何をしたいか考えておいて下さいませ」

フレデリックさんが、ふっと笑って言いました。その言葉に肩の力が抜《ぬ》けて、ふふっと笑いながら頷きました。

ではエントランスへ移動しましょうと言うフレデリックさんの手を取り立ち上がり、彼の背に続いて応接間を後にします。

エントランスに行くと侯爵家の皆さんが心配そうな顔で集まっていました。

エントランスのドアはまだ閉じられていました。

「奥様、本当に行かれるのですね」

アーサーさんの問いにも私は「はい」と頷きました。エルサとアリアナさんが革製《かわせい》のトランクケースを持ってきてくれました。

「一応、三日分のお着替《きが》えを入れておきました。馬車まで私がお持ちします」

「ありがとうございます、エルサ」

エルサにお礼を言うと、エントランスのドアが開けられました。

ポーチに停められた馬車の窓はカーテンが閉め切られていて中は見えません。

私は少し考えて、ネックレスを外してハンカチに包み、ドレスのポケットに入れました。

姉様に見つかったら奪《うば》われかねないと思ったのです。

　エルサたちと共にポーチへ出ると、外は酷い雨でした。

　伯爵家の御者《ぎょしゃ》さんが恭《うやうや》しく馬車のドアを開けてくれます。

「エイトン伯爵夫人」

　徐《おもむろ》にアーサーさんがサンドラ様に声を掛けました。

「何かしら」

　馬車の中からサンドラ様が返事をします。

「早くて明日、遅くとも明後日《あさって》、一度、旦那様がお見舞いに参ります。旦那様はリリアーナ奥様をそれはそれは大切にされ、溺愛《できあい》しております故《ゆえ》、この嵐《あらし》の中出かけたとあってはたいそう心配なさるでしょう。セドリック様に会えずとも、奥様の無事をその目で確認しなければ、納得《なっとく》はされないでしょう」

　私は思わぬ言葉にぱちぱちと目を瞬《しばたた》かせました。

「ですので、必ず奥様の元気なお姿をお見せ下さい。このような我《わ》が儘《まま》、失礼とは存じますが、何卒《なにとぞ》ご容赦《ようしゃ》下さいませ」

「………分かったわ」

　僅《わず》かに温度の下がった声は不満をあらわにしていました。

「ありがとうございます」

アーサーさんが丁寧《ていねい》に頭を下げます。

「では、行って参ります」

私はエルサたちを振り返ります。

「行ってらっしゃいませ」

侯爵家の皆さんが一斉《いっせい》に頭を下げて見送って下さっています。

「奥様、お手を」

アーサーさんが差し出してくれた手を取り、私は馬車のステップに足を掛けました。中にはサンドラ様とその向かいに侍女さんがいて、私は侍女さんの隣《となり》に座ります。侍女さんは立ち上がり、エルサから荷物を受け取ってそれを座席の下にしまうと私の隣に戻ってきました。

バタンとドアが閉められます。侍女さんがコンコンとノックすれば、馬の嘶《いなな》きが聞こえて、ガタガタと馬車が動き出しました。


車内は重苦しい沈黙《ちんもく》に支配されていました。

サンドラ様は目を閉じたまま黙っています。侍女さんも押し黙ったままです。

侯爵家と伯爵家はそれほど離《はな》れていないと以前、王都の地図のお勉強をした際に教えていただきましたが、本当にほどなくして馬車は伯爵家につきました。

馬車が停まって、ほっと息を吐《は》き出《だ》しました。

少ししてドアが開けられて、侍女さんが私のトランクを持って先に降ります。次にサンドラ様が降りて、最後に私が降りました。

一年ぶりの屋敷《やしき》は、どことなく寂《さび》れているように感じられました。伯爵家の庭は、侯爵家ほど広く立派ではないもののお茶会を開くことが多かったので手入れがされていたはずですが、そこかしこに雑草が生えて、枝葉も伸《の》び放題です。

荒《あ》れた庭の様子を横目に見ながらサンドラ様について、エントランスへと入ります。

「おかえりなさい、お母様！」

甲高《かんだか》い声がエントランスホールに響《ひび》きます。

マーガレット姉様が真っ赤なドレスの裾《すそ》を揺らしながら、駆け寄ってきます。

「どこへ行ってらしたの？　お母様がいないとドレスが決められないわ」

「ふふっ、ごめんなさいね」

サンドラ様が優しい声で姉様に謝ります。もう、と頰《ほお》を膨《ふく》らませた姉様は、サンドラ様の後ろにいた私に気付くとヘーゼル色の瞳を丸くした後、にたりと細めました。見慣れた意地悪な笑顔《えがお》です。

「リリアーナじゃない、あんたを迎えに行っていたのね」

「お久しぶりです、マーガレット姉様。今日はセドリックのお見舞いに戻りました」

私が臆《おく》することなく答えると姉様は予想外だったのか、少々面食らったようでした。

「ああ、そうだったわね。早速《さっそく》、あの子に会ってあげて」

ふふっと笑ったサンドラ様が歩き出して、私も歩き出します。マーガレット姉様もサンドラ様の隣に並んで歩き出しました。階段を上がり、二階へと向かいます。

心臓がドキドキと不安そうに鳴っていますが、そこまでの恐怖を感じていないのが不思議でした。

屋敷の空気は、どこか淀《よど》んでいて鬱屈《うっくつ》としています。すれ違う使用人の皆さんの顔にもあまり元気がなく、私の顔を見ると幽霊《ゆうれい》でも見たかのような顔になります。

サンドラ様は迷いなく屋敷の中を進んでいきます。

私は確かにこの屋敷で生まれ、十五年はここで生活していたのですが、二階にあった自分の部屋とすぐ近くの図書室、そして、同じく二階にあるリビングしか行ったことがありません。ですので、今、自分がどこをどう歩いているのかもよく分かりません。階段を上った様子からして三階なのは間違いありませんし、以前、セドリックも自分の部屋は三階だと言っていました。セドリックの部屋はどこなのでしょうか。

サンドラ様は、廊下《ろうか》の一番奥にあったドアを開けました。そこには更《さら》に階段があり、上に続いているようです。私は首を傾げながらもサンドラ様、マーガレット姉様に続いて階段を上がります。私の後ろからは、侍女さんがついてきます。

「ここにセドリックがいるのですか？」

階段を上がった先には、細い廊下があって、両側にずらりとドアが並んでいました。

私の問いに返事はなく、サンドラ様は一番近くにあったドアを開けました。

「ここよ、入りなさい」

言われるがまま、私は部屋の中に入ります。

とても小さなお部屋でした。入ってすぐ右手にクローゼットがあり、他に壁《かべ》にくっつくようにベッドがあって、ベッドの横には椅子《いす》が一つ、あとは小さな窓が一つだけの小さな屋根裏部屋です。おそらくですが、ここは使用人の皆さんのお部屋なのではないでしょうか。侯爵家も屋根裏にいくつか使用人の部屋があるとエルサに教えてもらったことがあります。

中へ入ってベッドの毛布をめくってみますが、セドリックの姿はありません。

「お継母様、セドリックは……」

「リリアーナの分際で、随分といいドレスを仕立ててもらっているのね」

私の言葉を遮《さえぎ》るようにマーガレット姉様の声がします。

振り返れば、マーガレット姉様が私のトランクを勝手に開けて、中身を検分しています。

「ふふっ、やっぱりスプリングフィールド侯爵家ともなると、質はいいのね。でもパッとしない色ばっかりじゃない。あんたみたいな陰気《いんき》な女にはこれくらい地味でもいいかもしれないけどね。きっと侯爵様は私にだったらもっと素敵《すてき》なドレスを用意してくれるに違いないわ」

マーガレット姉様の言っている意味が分からずに思わず首を傾げますが、マーガレット姉様はお構いなしにドレスを侍女さんに次々に持たせます。

「なんだ、アクセサリーの類は持ってきてないのね、つまらないわ。私が貰《もら》ってあげようと思ったのに」

その言葉にネックレスを外してきて正解だったと痛感しました。サンドラ様が、私の空っぽの胸元を一瞥《いちべつ》し、苦笑《くしょう》交《ま》じりに首を横に振ります。

「仕方がないわ。卑《いや》しい娘だもの、侯爵様だって愛してなんていないのよ」

「でも、私にだったら大きな宝石が輝くアクセサリーを買ってくれるわよね」

マーガレット姉様の言葉にサンドラ様はゆったりと頷き、会話についていけずにいる私を振り返りました。

「マーガレットを結婚させようと思うの」

「そ、それはおめでとうございます。お相手はどなたなのですか？」

私は、反射的に聞いていました。

「スプリングフィールド侯爵、ウィリアム・ド・ルーサーフォード様よ」

サンドラ様がおっとりと笑って告げた名前に眉《まゆ》を寄せて首を傾げます。

「ウィリアム様は私の夫です」

「ええ、今夜まではね」

サンドラ様は、ドアに手を掛け嫣然《えんぜん》と微笑みます。

その時でした。ベッドが置かれている壁のほうから声がしたのです。

「姉様？　リリアーナ姉様？」

その声は、聴《き》き間違いでなければ愛しい弟のものでした。私は思わず靴《くつ》を脱《ぬ》ぐのも忘れてベッドに上り壁越《かべご》しに声を掛けます。

「セドリック？　私の可愛《かわい》いセディなの？」

「ね、姉様っ、そうだよ。セディだよっ。でも、どうして……どうしてここに？」

セドリックの焦《あせ》った声に私は、くすくすと笑うサンドラ様を振り返ります。マーガレット姉様と侍女さんの姿は既になく、サンドラ様も廊下に出ていました。

「お前みたいな醜《みにく》い娘より、美しいマーガレットのほうが侯爵夫人に相応《ふさわ》しいでしょう？　だから、邪魔者《じゃまもの》は遠いところへ捨ててしまおうと思うの。今夜には、国境近くの山奥の修道院から迎えが来るわ。ああ、大丈夫。セドリックももちろん一緒に行くのよ、そこで醜い心を清めるために永遠に神に仕えなさい」

バタンとドアが閉められて、ガチャリと外から鍵《かぎ》がかけられる音がしました。

私はドアに駆け寄り、ドアノブに手を掛けますがガチャガチャと鳴るだけで開くことはありません。

「お継母様！」

私の呼ぶ声に応えるように「ふふふっ」と愉快《ゆかい》そうな笑い声が返ってきました。隣の部屋からも「お母様！」と叫《さけ》ぶセドリックの声がします。

「お迎えが来たら、会いに来てあげるわ。わたくしの憎《にく》たらしい子どもたち」

サンドラ様は歌うように言って去っていきます。

ドンドンと隣の部屋でセドリックがドアを叩いても、私がいくら呼んでももう応える声はありませんでした。


「姉様、こっち、ベッドの傍に来て」

ほどなくしてセドリックの声に我に返り、私は再びベッドへ戻ります。

すると先ほどは焦っていて気付きませんでしたが、壁の一部にハンカチが釘《くぎ》で打ち付けて掛けられていることに気が付きました。

「ここ、穴開いてるの」

そんな声と共ににゅっと小さな手がハンカチの向こうから生えてきました。

「セ、セディなの？」

小さな手を取り、問いかけます。

「そうだよ。めくってみて」

そっとハンカチをめくると壁にぽっかりと穴が開いていて、その向こうに夢にまで見た愛しい弟がいました。

「ああ、セディ」

私はセドリックの手を両手で握り締めて頰を寄せました。

穴は、セドリックの顔が見えるくらいの大きさで、腕《うで》は通りますが向こうの部屋に行くことはできません。歯がゆいですが、こうして顔を見られただけでも胸がいっぱいです。

「……セディ、頰をどうしたのですか？」

ふと私は、セドリックの左頰が赤くなっていることに気が付いて眉を寄せます。

「……きょ、今日の朝、お父様が僕の部屋に来て、いきなり、僕を殴《なぐ》ったの。姉様に会っていたことがバレていて、それで、ここに入れられたの」

すんと鼻をすすりながらセドリックが教えてくれます。

「セディ、お水はありますか？　あればこのハンカチを冷やして頰に当てておきましょう」

私は慌《あわ》ててポケットから取り出したハンカチをセドリックに渡《わた》します。

うん、と頷いたセドリックがハンカチを受け取り一度、穴から離れていきました。ですが、すぐに戻ってきます。

「姉様、ネックレスが入っていたよ。すごく綺麗《きれい》だね」

　セドリックの手がサファイアのネックレスを私に差し出します。私はその青い輝きを閉じ込めるようにネックレスごとセドリックの手を包み込み、そっと押し戻します。

「これは、私の旦那様から頂いた宝物です。ですが、今は貴方《あなた》が持っていて下さい」

　セドリックが手をひっこめて首を傾げます。

「私の旦那様、つまり貴方のお義兄様《にいさま》にあたるウィリアム様の瞳と同じ色の宝石です」

　今度は私が手を伸ばして、穴の向こうにいるセドリックの頰を撫《な》でます。

「姉様？　宝物なのにどうして」

「宝物で、大切なお守りよ。でもね、貴方以上の宝物は私にはないのです。だから、ウィリアム様に守っていただこうと思って。ウィリアム様は、この国の英雄《えいゆう》だもの。絶対に貴方を守ってくれます」

「でも……」

「大丈夫。この嵐だもの、夜に来るといっても馬車が辿《たど》り着《つ》けるとは限らないでしょう？」

「だけど、その後はどうするの？」

「私も含《ふく》めて、侯爵家では、お継母様が何か企《たくら》んでいると疑っています。だから、きっとすぐに助けに来てくれます」

「……そうしたら、姉様はあっちに帰っちゃうの？」

不安そうに私を見つめるセドリックを抱《だ》き締められないことが悔《くや》しいです。ですから、幼い弟が安心できるように私は精一杯《せいいっぱい》、笑顔を浮かべます。

「貴方も一緒に行くのですよ。もう二度と、セドリックを置いていくことはしません」

私が笑いかけるとセドリックは、ようやく頬を緩めて頷いてくれました。

「セディ、ネックレスは首にかけてシャツの中に隠していて下さいね。マーガレット姉様に見つかったら大変ですもの」

「うん。分かったよ」

素直《すなお》に頷いて、セドリックが少しもたつきながら私に言われた通り、ネックレスを首にかけ、シャツの中に隠します。

それと同時にピカッと閃光《せんこう》が走って雷鳴《らいめい》が轟《とどろ》きました。ガタガタと雷《かみなり》と風に窓が揺れます。私が咄嗟に伸ばした手をセドリックが両手で握り締めます。

「ね、姉様、こわいよぅ」

「大丈夫、絶対に大丈夫よ、私の可愛いセディ」

震えている小さな手に泣きそうになりながら、私は声を掛け続けるのでした。

幕間二　伯爵夫人の陰謀

一年ぶりに見たリリアーナは、憎《にく》たらしくなるほど美しくなっていた。

丁寧《ていねい》に手入れされたと分かる淡《あわ》い金の髪《かみ》は絹糸のようで、白い肌《はだ》は滑《なめ》らかで傷一つない。伏《ふ》せられた長いまつ毛が頬《ほお》に影《かげ》を落とし、ピンク色の唇《くちびる》は艶《つや》やかに潤《うる》んでいる。その身を包む淡い紫《むらさき》のドレスも最高級の素材が使われているのが一目で分かる。

どうしてか今は身に着けていないが、首元で輝《かがや》いていた青いサファイアは、透明度《とうめいど》が高く色も鮮《あざ》やかで美しく、その大きさも見事なものだった。

使用人たちに大事にされているのはもちろん、夫に愛されているのだと一目で分かった。

でも、それはわたくしにとって受け入れがたい現実だった。

この娘《むすめ》は、不幸でなければならないのだ。

だが、既に全ての準備は整っている。

事態を呑《の》み込めず、茫然《ぼうぜん》とする二人を部屋に閉じ込め鍵《かぎ》をかける。ガチャリと鍵のかかる音は、勝利への導きにも聞こえた。

「お継母様《かあさま》！」

「お母様！」

二つの部屋から二人が必死に呼ぶ声がして、それが可笑《おか》しくて、可笑しくてついつい笑い声が零《こぼ》れてしまう。

「お迎《むか》えが来たら、会いに来てあげるわ。わたくしの憎たらしい子どもたち」

そう声を掛《か》けて、ドレスを翻《ひるがえ》し階段を下りて、先に自室に戻《もど》ったマーガレットの部屋へと向かう。

すると廊下《ろうか》の暗がりから黒ずくめの男が一人、現れる。

「見張っていてちょうだい」

首肯《しゅこう》した男は、また廊下の暗がりへと消えた。彼は、件《くだん》の修道院が確実に標的を連れて行くために送り込んできた人間だ。あの修道院は精神を患《わずら》った人間や重篤《じゅうとく》な病の人間が入れられる場所で、一度でも入ったものは二度と出られないと言われている。

わたくしが愛人の娘だからとライモスとの結《けっ》婚《こん》を許してくれなかった先代の伯爵《はくしゃく》夫妻。由緒《ゆいしょ》ある子爵家《ししゃくけ》の令嬢《れいじょう》というだけで、私からライモスを奪《うば》い妻になったカトリーヌに生き写しのリリアーナ。

わたくしから生まれたというのに、わたくしにもライモスにも全く似ておらず、私を忌《い》み嫌《きら》っていた先代にそっくりなセドリック。

このエイトン伯爵家の使用人たちにとって一番大切なのは、後継者《こうけいしゃ》であり先代にそっくりなセドリックだ。むしろ、セドリック以外をエイトン伯爵家の人間として認めていないのだ。

彼らはわたくしに伯爵夫人が使うはずの部屋を使わせないばかりか、先代の言いつけを守らなかったライモスにさえ、当主の部屋を使わせていない。この屋敷《やしき》で一番の権力を握《にぎ》っているのは、先代が赤《あか》ん坊《ぼう》の頃《ころ》から仕えている老執事《ろうしつじ》で、ライモスも彼には一切《いっさい》頭が上がらないのだ。

だが、その使用人たちも地下の食糧庫《しょくりょうこ》に閉じ込めて、見張りを立ててある。もうわたくしの邪魔《じゃま》をする者は、この屋敷にはいない。

目障《めざわ》りで鬱陶《うっとう》しいことこの上なかった使用人たちと、最たる二人がいなくなれば、わたくしの計画は全てうまくいく。富も名声も幸福も全てがわたくしのものになる。

マーガレットを侯爵《こうしゃく》に嫁《とつ》がせれば、リリアーナのような娘にさえ三〇〇〇万リルという大金を出したのだから、若く美しく社交も得意で、健康的なマーガレットになら更にお金を出してくれるだろう。そもそもの価値が違《ちが》うのだから。

明日か明後日《あさって》、侯爵が見舞《みま》いに来るとか侯爵家の執事が言っていたが、今夜にはリリアーナはセドリックと共に修道院へ行ってしまうのだから、どうとでもなるはずだ。

それに侯爵自ら会いに来てくれるのならばマーガレットを紹介《しょうかい》する手間が省けていい。愛娘《まなむすめ》を美しく着飾《きかざ》らせて、侯爵に気に入られるようにしなければ、と心が弾《はず》む。

一年もの間、不仲だった夫婦《ふうふ》だ。侯爵は、あのリリアーナを社交の場に伴《ともな》ったことは一度もないほどだ。仲睦《むつ》まじいという噂《うわさ》も最近になって出てきたにすぎない。愛情なんてさほどもあるわけがない。マーガレットを実際に目にすれば、たやすく心変わりするだろう。

閃光《せんこう》が走り、雷鳴《らいめい》が轟《とどろ》く。

心配事といえば、この想定外の嵐《あらし》で修道院からの馬車が時間通りに来るかどうかくらいのものだ。

「サンドラ、無事に連れ帰れたようだね」

ライモスがわたくしに声を掛けてくる。どうやら廊下で待っていてくれたようだ。

「ええ。もう部屋に閉じ込めてあるわ。見張りも立ててあるし、この嵐だもの逃《に》げ出《だ》すことはできないでしょう」

「そうか、流石《さすが》は私の愛する妻だ」

誇《ほこ》らしげに言って、ライモスがわたくしの肩《かた》を抱《だ》く。

「だが、マーガレットが嫁《よめ》に行ってしまうのは、寂《さび》しいな」

「あら、わたくしがおりますわ。二人きりで、新婚《しんこん》気分をもう一度味わうのはいかが？」

ふふっと笑いながら言えば、ライモスは「それはいいな」と顔をほころばせた。

第五章　恐怖を乗り越えた先

夜中には屋敷《やしき》が壊《こわ》れるのではというほど激しかった嵐《あらし》も徐々《じょじょ》に収まり、ゆっくりと夜明けを迎《むか》え、今はしとしとと雨が降っているだけになりました。

「私の分も食べていいですよ。私はクッキー一枚とマドレーヌ一つで充分ですから」

「でも、ちゃんと食べないとだめだよ」

穴の向こうでセドリックが首を横に振《ふ》ります。

「ええ、だからセドリックに食べてほしいのです。いざという時、貴方《あなた》にはウィリアム様のもとまで走ってもらわないといけませんからね。私のこと、守ってくれるのでしょう？」

私の言葉に少し悩《なや》んで、セドリックは私が差し出したお菓子《かし》に手を付けてくれました。

セドリックは、マカロンを口に運んで美味《おい》しさに頬《ほお》を緩《ゆる》めた後、顔を上げます。

「あのね、あのね、絶対に姉様は僕が守るからね」

「ふふっ、ありがとうございます。ここ、ついていますよ」

私は、頬を指差しながら思わず笑ってしまいました。セドリックは、恥《は》ずかしそうに眉《まゆ》を下げて、もごもごとお礼を口にします。

このお菓子は、トランクの中に入っていた物でした。

流石《さすが》は私の優秀《ゆうしゅう》な侍女《じじょ》。荷物を荒《あ》らされることを予想していたのか、トランクは上げ底になっていてたくさんのお菓子が手紙と一緒《いっしょ》に隠《かく》されていたのです。手紙には『必ず助けに参ります。エルサ』と書いてありました。

マドレーヌにクッキー、マカロン、キャンディと日持ちするお菓子が入れられていて、案の定、食事はもらえなかったのでとても助かりました。遅《おそ》くとも明日には旦那《だんな》様が来て下さるはずですので、三食分に分けておきます。あまりお菓子を食べることがない家ですので、セドリックはキラキラと顔を輝《かがや》かせて食べています。

昨夜は、心細くてぴたりと壁《かべ》にはりつき、私の手を握《にぎ》り締《し》めていたセドリックですが、朝になると嵐が治まっていたのもあってか、落ち着いてきたようで「姉様を守る」と言ってくれました。頼《たの》もしくて可愛《かわい》らしいことこの上ないです。

「修道院のお迎え、来なかったね。姉様の言う通り、嵐だから来られなかったのかな」

窓の外を振り返りながらセドリックが言いました。

昨晩、いつサンドラ様が現れるかとびくびくしていたのですが、結局、修道院からの迎えは来なかったのか、サンドラ様が現れることはありませんでした。遠いところだとサンドラ様は言っていたので、この嵐で足止めを食らったのかもしれません。

修道院は脅《おど》しなのではと考えなかったわけではありませんが、私を侯爵家《こうしゃくけ》から強引《ごういん》に連れ出したのですから、本気に違《ちが》いありません。

何があっても、セドリックだけは守らなければ。いざというときはどうにかして逃《に》がさなければなりません。

お菓子を食べ終え、一息ついているとコンコンとノックの音がしたので、枕《まくら》を立てかけて穴を隠します。ガチャリと鍵《かぎ》の開く音がしました。咄嗟《とっさ》に身構えますが、姿を現したのはサンドラ様ではなく、メイドさんでした。

仮面のように表情のないメイドさんは「マーガレットお嬢様《じょうさま》がお呼びです」と抑揚《よくよう》のない声で告げました。

「ね、姉様が？」

「はい。お部屋でお待ちしています」

サンドラ様からの呼び出しではないことにほっとしながら、私は立ち上がります。

「ぼ、僕も行くっ。スザンナ、開けて」

「いえ、リリアーナ様だけで、とのことでございます」

スザンナというらしいメイドさんは壁越《かべご》しのセドリックの願いに首を横に振りました。

侯爵家の皆《みな》さんと違って、伯爵家《はくしゃくけ》の使用人さんたちは皆、表情が暗くて元気がありません。スザンナさんも顔色があまり良くありません。

「セドリック、私は大丈夫《だいじょうぶ》ですから、いい子にしていて下さいね」

セドリックに声を掛《か》け、弱々しい返事に胸を痛めながら部屋を出て三階へと下《お》り、辿《たど》り着《つ》いた姉様の部屋の前でスザンナさんに声を掛けます。

「あの」

「……はい」

「スザンナさん、手を出して下さる？」

青ざめた顔で振り返ったスザンナさんに、私はポケットに入れていたキャンディを渡《わた》します。スザンナさんはぱちりと目を瞬《まばた》かせ、初めて表情らしい表情を浮《う》かべました。

「甘いものは、疲《つか》れを和《やわ》らげてくれます。どうぞ」

スザンナさんは手のひらのキャンディをぎゅっと握り締めると「ありがとうございます」とか細い声でお礼を言ってくれました。

「こちらこそ受け取って下さって、案内もありがとうございました。どうぞお仕事に戻《もど》って下さい」

私がそう告げるとスザンナさんは、こくりと頷《うなず》いて無言のまま去っていきました。

「……行きますよ。大丈夫、私は大丈夫」

自分に言い聞かせるように囁《ささや》いて、姉様の部屋のドアをノックしたのでした。

初めて入った姉様の部屋は、私の部屋の何倍も豪華《ごうか》でした。ふわふわの絨毯《じゅうたん》に磨《みが》き抜《ぬ》かれた家具、明るい真っ赤なカーテンが印象的です。

その部屋には、これでもかというほどドレスが並べられていました。赤、青、緑、黄色、オレンジ、紫《むらさき》と色とりどりでどれもフリルやレースが満載《まんさい》の豪華なものばかりです。

「遅かったわね」

二人の侍女にドレスを持たせ、大きな鏡の前にいたマーガレット姉様が振り返ります。

「どうかしら、似合う？」

そう言って裾《すそ》を摘《つ》まんでみせたマーガレット姉様は、綺麗《きれい》な深紅《しんく》のドレスを身にまとっていました。いくつもの赤を使ったグラデーションが綺麗です。ふと、胸元《むなもと》の金糸の刺《し》繍《しゅう》に目が留まります。それは、私がまだこの家にいた頃《ころ》に刺《さ》したものでした。

「それ……」

「ええ。あんたの刺繍よ。あんたは冴《さ》えないけど、刺繍の腕《うで》だけはそれなりでしょう？お友達にも評判が良かったのよ？」

そう言ってマーガレット姉様は、くすくすと笑いました。

「何度も頼まれたのよ、この刺繍をした針子を紹介《しょうかい》してくれって」

何が言いたいのか分からずに首を傾《かし》げます。

「お母様は、あんたと弟を修道院に送りたいらしいけど、昨夜の嵐で王都へ来る途中《とちゅう》の川が増水して足止めされているそうよ」

まさかマーガレット姉様の言葉に安心する日が来るとは思いませんでした。

「それに、なんと今から侯爵様がいらっしゃるのよ。あんたたちに会いに来るらしいけど、あんたたちはもういないことになっているから、私がもてなすのよ」

ウィリアム様が来て下さる、それだけで世界が明るく輝き出します。

マーガレット姉様が「侯爵様はきっと私に惚《ほ》れちゃうわね」と、ご機嫌《きげん》に笑っています。

それでこんなにもたくさんのドレスを引っ張りだして、身仕度《みじたく》を調《ととの》えていたのですね。

「でもね、私は思ったの。もったいないって」

「もったいない？」

「あんたの後釜《あとがま》って言うのが不満だけど、私はスプリングフィールド侯爵夫人になるでしょう？　だからお抱《かか》えの針子として私が雇《やと》ってあげる。セドリックはあんたが養えばいいわ。食事だけなら面倒《めんどう》を見てあげる。どう？　悪い話じゃないでしょ」

どうやらマーガレット姉様の中でウィリアム様の妻になることは決定事項《じこう》のようです。

「ウェディングドレスにも刺繍させてあげるわ。もう、お父様もお母様ももっと早く教えて下さればいいのに、いきなりの結婚《けっこん》で私も大忙《おおいそが》しなのよ。明日にはウェディングドレスの打ち合わせをするから、そのつもりでね」

マーガレット姉様は、私が頷くことを疑ってもいません。昔の私だったら、セドリックと共にこの家を出られるのなら、修道院にセドリックまで入れられるくらいならばと姉様の言葉に頷いていたかもしれません。ですが今の私は絶対にウィリアム様の妻の座を姉様には渡したくはありませんし、ウィリアム様を叩《たた》き起《お》こしてでも迎えに行くと言ってくれた皆さんと、何よりも私を守ると言って下さったウィリアム様を信じています。

「ご冗談《じょうだん》はほどほどにして下さいませ」

ふふっと私は笑ってみせました。マーガレット姉様のヘーゼルの瞳《ひとみ》が驚《おどろ》きに瞬きます。

「私はスプリングフィールド侯爵夫人です。誰《だれ》それの針子になれないことは、姉様だってご存じでしょう？」

マーガレット姉様の顔が悪魔《あくま》みたいに歪《ゆが》みます。

「私に逆らうなんて、あんた、随分偉《ずいぶんえら》くなったのねぇ？」

マーガレット姉様が小首を傾げます。

正直、怖《こわ》いです。心がどれほど頑張《がんば》っても体が与《あた》えられた痛みを覚えていて、マーガレット姉様から逃げ出そうとするのです。それを無理やりに押さえ付けて私は、真正面から向かい合うようにして対峙《たいじ》しました。

「姉様、私はスプリングフィールド侯爵夫人です。それを譲《ゆず》る気は毛頭ありませっ」

言い切る前に乾《かわ》いた音が響《ひび》いて、頬に鋭《するど》い痛みが走ってよろめきます。

「うるさいのよ！　私に逆らうんじゃないわよ！」

更に殴《なぐ》りかかってこようとするマーガレット姉様を侍女さんたちが慌《あわ》てて止めに入ります。その光景を見ながら、どうやら頬を叩かれたらしいことをじわじわと理解します。

「侯爵様のお怒《いか》りに触《ふ》れてしまいます！」

「放しなさいよ！　こいつは私に逆らったのよ⁉　リリアーナの分際で！」

「あら、マーガレット。勝手にこれを出したのね」

背後から聞こえた声に一気に部屋が静まり返ります。

振り返るとサンドラ様が部屋に入ってきました。手には一つ箱を持っていて、後ろに控《ひか》える侍女さんたちはたくさんの箱を抱えていました。

サンドラ様は、私の横を通り過ぎて姉様のもとに行きます。

「これは、修道院に行くのだから、だめだと言ったでしょう？　勝手にお父様の書斎《しょさい》から鍵を持ち出して使ったのね？」

「でも、お母様っ」

「だめったらだめよ。これぱかりは許してあげられないわ。それより早く仕度《したく》をしないと、あと一時間もしない内に侯爵様がいらっしゃるわ。この靴《くつ》なんてどうかしら」

そう言ってサンドラ様は持っていた箱の蓋《ふた》を開けて、中身を姉様に見せます。どうやらあのたくさんの箱には靴がしまわれているようです。

「そうそう、お前たちのお迎えもそろそろ着く頃よ」

くるりと振り返ったサンドラ様が楽しそうに目を細めます。

「侯爵様には、マーガレットがいるから大丈夫よ。安心して行くといいわ」

「い、いいえ、お母様。ウィリアム様は、とても過保護で心配性で、優《やさ》しい方です。いくらマーガレット姉様が美しくても、私の顔を見るまで納得《なっとく》はされないと思うのです」

私の言葉にサンドラ様が笑《え》みを深めます。

「別に侯爵様が納得しなくたっていいのよ。お前が侯爵様との結婚生活が嫌《いや》で出て行ったことにすればいいだけよ。一年もの間、不仲だって噂《うわさ》が流れていたんだもの。不思議な話じゃないでしょう？」

「いいえ、不仲だなんてとんでもありません。ウィリアム様は、結婚して以来ずっと私を大事にして下さいました。私の姿がないとなれば、とてもとても心配なさるでしょう。それにウィリアム様は、優秀な騎士《きし》で師団長まで務めている方です。私が逃げたと知れば、すぐに追手をかけるはずですし、騎士団の追手は不審《ふしん》な馬車を全て停《と》めて中を検《あらた》めるはずです。もちろん、修道院の馬車であってもです」

一日だけでもウィリアム様に会えれば、必ず助けて下さるはずです。ですが、会えずに、このまま修道院の馬車へと乗せられてしまっては、どうなるか分かりません。

サンドラ様は微《かす》かに眉を寄せて、何かを考えているようでした。咄嗟に出た言葉ではありますが、決してありえない話ではないことがサンドラ様には分かるのでしょう。彼女はとても賢《かしこ》い女性なのです。

「……追手は、厄介《やっかい》ねぇ」

剣呑《けんのん》とした声でサンドラ様が呟《つぶや》きました。

「だけど、それならば追手より先に修道院に行けばいいのよ。そうでしょう？」

そう言ってサンドラ様がぱちんと指を鳴らしました。

「そんっ、きゃっ」

その瞬間《しゅんかん》、いきなり誰かに腕を掴《つか》まれ、バランスを崩《くず》します。ですが転ぶ前に担《かつ》ぎ上《あ》げられてしまいました。不気味な黒ずくめの男が私を担いでいました。

微笑《ほほえ》むサンドラ様の横でマーガレット姉様も驚いています。

「二階の部屋に。屋根裏部屋は壁に穴があって、密談をしていたようだから」

サンドラ様の一言に私を担ぐ男が、姉様の部屋を後にします。助けを呼ぼうにも廊下《ろうか》には誰もいません。瞬《また》く間《ま》に私は、別の部屋へと連れて行かれてしまいました。

そこは、十五年間暮らした私の部屋でした。薄暗《うすぐら》い部屋の様子は何一つ変わりありませんが、うっすらと埃《ほこり》の臭《にお》いが漂《ただよ》っていました。

「もうすぐ迎えが来る。それまでここにいろ。弟には馬車の中で会える」

不気味な男は、それ以上は何も言わずドアを閉めました。ガチャリと鍵がかけられます。

私は床《ゆか》に座り込んだまま、何もない胸元に手を伸《の》ばし、ネックレスはセドリックに託《たく》したことを思い出しました。震《ふる》える手を祈《いの》るように組みます。

「ああ、セドリック、どうしたら……ウィリアム様、助けて下さい……っ」


「リリィちゃんが連れ去られたぁ？　僕はウィルがまた倒《たお》れたって聞いたんだけど」

「連れ去られたのではなく、ご自分の意志でついていったのでございます」

タオルを差し出しながら、フレデリックがアルフォンス様とカドック様に事の次第《しだい》を告げる。

私、エルサは温かい紅茶をお二人にお出しして、その隣《となり》でため息を零《こぼ》す。

「奥様《おくさま》は、セドリック様のためにご自分であのクソババ……失礼、伯爵夫人についていったのです。私もついていきたかったのですが、伯爵夫人に断られてしまって……今すぐにでもお迎えに上がりたいのに、うちの馬鹿旦那様は、一晩経《た》ってもまだ惰眠《だみん》を貪《むさぼ》っているのでございます」

殴りたいと心の底から震える拳《こぶし》を抑《おさ》えながら私は告げた。

アルフォンス様は、騎士団に出勤してすぐに話を聞いて、駆《か》け付《つ》けて下さったのだ。時刻はもうそろそろランチの時間だというのに旦那様はまだ寝《ね》ている。

「ったく、僕の親友はどうも間が悪いというかなんというか」

アルフォンス様は呆《あき》れたように額を押さえて肩《かた》を落とした。

全くだ、と私たちはその言葉にうんうんと頷いた。

「でも、ウィルからも話は聞いていたけどもともとエイトン伯爵夫人にはいい噂が一つもないから、迎えは早いほうがいいだろうね」

私が用意した紅茶を飲みながらアルフォンス様が言った。

「ええ、もちろんです。今すぐにも行きたいのです。ですが、モーガン先生に下手に刺激《しげき》を与えるとまた記憶喪失《きおくそうしつ》になりかねないと、叩き起こすのを反対されまして。というのも、直前まで奥様と話をしておられた旦那様は、どうやら何かがきっかけで全てを思い出されたようなのですが、その衝撃《しょうげき》で気絶して寝込んでしまわれたのです」

フレデリックの説明にアルフォンス様はぱちりと目を瞬かせた。

「ようやく思い出したの？」

「まだ断定はできませんが、おそらくは」

「それなら、なおさら、寝ている場合じゃないじゃない。あのね、忙しいこの僕がこんなに急いで来たのは、ウィルも心配だけどあわよくばリリィちゃんとランチを楽しみたいなっていう気持ちと、エイトン伯爵夫人が最近、何故《なぜ》か山奥《やまおく》の修道院と連絡《れんらく》を取り合ってるって情報が入ったからなんだよ」

「どういうことです？」

「多分、リリィちゃんを強引に連れ出したのは、そこに入れるためだよ。あそこは一度入ったら出られない場所なんだ。表向きには行儀見習《ぎょうぎ》いとか重篤《じゅうとく》な病の療養《りょうよう》目的になってるけど、刑務所《けいむしょ》とそう大差ない場所なんだよね」

「今すぐ、ぶん殴って起こしましょう」

私は決意を新たに拳を握り締めた。こうなれば記憶があろうがなかろうが、脅してでも旦那様を同行させるほかない。

「まあまあ、殴る前に僕に起こさせてよ」

そう言って、アルフォンス様が応接間を出て、勝手知ったる様子で旦那様の部屋へと向かう。私とフレデリック、カドック様も後に続く。

「アーサー、一時間後に伺《うかが》いますって、エイトン伯爵家に先ぶれを出しといて。でも、ウィルが起きて仕度したらすぐに行くから」

途中、すれ違ったアーサーにアルフォンス様が告げるとアーサーは「かしこまりました」と何も聞かずに了承《りょうしょう》した。

そして、部屋に辿り着くとバァンと勢い良くドアを開け、待機していたモーガン先生の驚き顔に手を振って、そのまま寝室《しんしつ》へ行く。

熱も下がった癖《くせ》に寝ている旦那様は、眉間《みけん》にしわを寄せて安らかとは言いがたい寝顔をしている。時折、寝言で奥様を呼ぶくせに一向に起きないのだ。

傍《そば》にいたアリアナも目をぱちくりさせながらアルフォンス様を見ている。

「全く、手のかかる親友だなぁ」

そう言いながらアルフォンス様は身を屈《かが》めて、旦那様の耳元に口を寄せた。

「おーい、ウィル。リリィちゃんくれるんだって？　ありがとう、大事にするよ」

「………だ、めに、ううっ、だめに決まっているだろうがぁ！」

がばりと勢い良く旦那様が起き上がり、アルフォンス様は華麗《かれい》に身を起こして頭突《ずつ》きを避《よ》けた。

あれだけ私たちが声を掛けても目覚めなかった旦那様が、こんな簡単に起きるなんてと私とフレデリックは顔を見合わせる。

「リリアーナは私の妻だ！　あとリリィと呼ぶなと何回言えば、分かっ……」

ぐるりと振り返ってアルフォンス様に文句を言っていた旦那様は、途中でようやく我に返ったようだった。そして、私たちの顔を見回し、こう言った。

「リリアーナは？」

目覚めるとリリアーナがいなかった。

モーガンの診察《しんさつ》を終えて、私が間抜《まぬ》けにも眠《ねむ》り込んでいる間にリリアーナがサンドラに連れ出されてしまったことを説明され、加えてアルフォンスからサンドラがリリアーナを修道院に放り込もうとしているかもしれないと教えられた。

「本当に、全部思い出されたのですか？」

私の身仕度を手伝ってくれながらフレデリックが尋《たず》ねてくる。

「ああ、何もかも思い出した。戦争のことも、あの、婚約者《こんやくしゃ》のことも、どうしてリリアーナを避けていたのかも、何もかもだ」

「……奥様のこともきちんと覚えておいでのようですね」

「もちろんだ。好きな小説、料理、色、花、何でも言えるぞ。リリアーナの可愛さについても何時間でも語れる」

「そこまでは聞いておりません。はい、できましたよ」

私のスカーフタイを整えて、フレデリックが離れ、壁に掛けてあった私の剣《けん》を持ってくる。手渡されたそれを腰《こし》のベルトに差して自室を後にし、エントランスへ向かうと準備万端《ばんたん》の様子でエルサたちが待っていた。

「……なんで、私の服を着ているんだ？」

起きた時は騎士の制服だったアルフォンスが、何故か私の服を着ている。それもかなり上等なもので、王宮に出仕する時に着ていく一張羅《いっちょうら》だ。

「気にしない気にしない。騎士服だと不便なこともあるからさ、ねぇ、カドック」

カドックがこくりと頷く。私は首を傾げながら、エルサに呼ばれて顔を向ける。

「奥様から伝言でございます」

「リリアーナから？」

「……お待ちしています。そう伝えるように言付かりました」

紺色《こんいろ》の双眸《そうぼう》が私を試《ため》すように細められる。

「……私が、気を失う前に待っていてほしいと言ったんだ。だから、私が迎えに行く」

エルサは私の答えに、はぁ、とこれみよがしにため息を零した。

「全く、きちんと覚えているのでしたらさっさと起きれば良かったのです」

ぐうの音も出ないとはこのことだ。

「旦那様、馬車の仕度は整っておりますので、さっさと行って、当家の大事な奥様と奥様の大切なセドリック様を必ず連れ帰って下さいませ」

アーサーが、ポーチに停められた侯爵家の馬車を手で示しながら言った。

外はまだしとしとと嵐の名残《なごり》の雨が降っていた。

私は、「ああ」と頷いてアルフォンスとエルサと共に乗り込む。フレデリックと、カドックは、馬車ではなく、万が一に備えて自由が利《き》くように馬に乗ってついて来る。

「それでは、行ってらっしゃいませ」

アーサーが頭を下げ、待機していた使用人たちも一斉《いっせい》に頭を下げる。鞭《むち》の音がして、馬車が動き出した。

侯爵家から伯爵家までは、馬車でほんの十五分ほどの距離《きょり》だ。間に合ってくれと祈りながら窓の向こうの景色をぼんやりと見つめる。

「お前は当たり前のようについてきたな」

「ふふっ、こんな面白《おもしろ》そうなことを僕が見逃《みのが》すわけはないだろう？　それに、いざとなったら伯爵たちのことは僕に任せてよ」

そう言って、アルフォンスは楽しげに笑う。エルサは侍女らしく、黙《だま》って座っている。

「……頼もしいな、相変わらず」

それで私の一張羅を着てきたのか、と納得する。彼は騎士としてではなく、間違《まちが》いなく王太子として私についいて来てくれているのだ。

「僕は王太子としてついていくけど、実際は君の親友としてついていくんだよ」

その言葉に彼を見れば、アルフォンスは優しく穏《おだ》やかな表情を浮かべていた。

「リリィちゃんには、大事な親友を、僕の国を護《まも》ってくれた恩人を救ってもらった恩がある。だから、僕はクレアシオン王家の名に懸《か》けて、彼女とセドリックの名誉《めいよ》を守るよ」

エイトン伯爵が伯爵としての義務を放棄《ほうき》していることを彼は知っているのだ。それを知っていて、リリアーナのために黙っていてくれるというのだ。

「……ありがとう」

「僕は、寛大《かんだい》で公平で優しい王様になる男だからね」

そう言ってアルフォンスはいつもの茶目っ気たっぷりの笑顔《えがお》を零した。

それから間もなくして、馬車はエイトン伯爵家へと着く。キキーっと甲高《かんだか》い音を響かせながら鉄門が開き、一度止まった馬車が再び動き出して敷地《しきち》内へと入っていく。

「油をちゃんと差さないとねぇ」

アルフォンスが顔をしかめながら言った。

「それだけの余裕《よゆう》がないんだろう」

寂《さび》れた庭を一瞥《いちべつ》し、私は目を閉じ、深く息を吐《は》き出す。

目を閉じれば、リリアーナの笑顔が浮かぶ。

「必ず、助けるから、待っていてくれリリアーナ」

心の中で笑う彼女に声を掛け、私は馬車が止まるのと同時に顔を上げた。

開けられたドアの向こうで、雨はもうやんでいた。

「セドリックがいないのよっ、ここへ来たんじゃなくて!?」

ドアの向こうから見張りに問いかけるサンドラ様の声が聞こえてきて、駆け寄ります。

「子どもはここに来ていない。逃げたのか」

「鍵を誰かが開けて、あれを逃がしたのよ……っ！」

男の声が返事をしています。どういうことかは分かりませんが、セドリックがあの部屋から逃げ出したようです。

「……なら、あれはどこに行ったのよっ、早く見つけ出しなさいっ！　早くしないと侯爵が来てしまうわ……っ」

珍《めず》しくサンドラ様の声に焦《あせ》りが滲《にじ》んでいます。

神様、どうかこのままあの子をお守り下さい、と祈ります。

「お、奥様、侯爵様がいらっしゃいました」

「まだ予定の時刻じゃないじゃないっ。マーガレットは？」

「し、仕度の途中でございます」

次に聞こえてきた会話に私は窓へと駆け寄り、煤《すす》けたカーテンを開け放ちます。

ポーチに馬車が横付けされていて、それは見紛《みまが》うことなく侯爵家の馬車でした。

「ウィリアム様……っ」

私は泣きそうになりながら、その名前を安堵《あんど》と共に呼ぶのでした。

「予定より、随分とお早いですな。そ、それにまさか殿下《でんか》もご一緒とは」

一年ぶりに顔を合わせたリリアーナの父、ライモスが頭を下げる。

濃《こ》い金髪《きんぱつ》に緑の瞳、割と背が高く体もがっしりしていて、整った顔をしているが、リリアーナとはこれっぽっちも似ていない。

「すまないな、エイトン伯爵。もともと私は侯爵夫妻とランチを一緒に楽しもうと約束をしていたものだから無理についてきてしまったんだ。なに、気楽にせよ」

王太子の顔でアルフォンスが言った。

「と、とんでもありません、光栄なことです」

伯爵はおどおどしていて全く目が合わない。私の後ろにはフレデリックとエルサが静かに控えている。カドックはアルフォンスの指示で別行動だ。

「応接間へどうぞ。そこでお茶でも」

「いや、かまわない。それよりリリアーナに会いたいのですが」

ほどほどの広さの質素なエントランスは、入ってすぐ左手の壁に絵画が掛けられている。真正面に階段があった。なんというか全体的に埃っぽく、薄暗い屋敷だ。

伯爵は、私の言葉にあからさまに狼狽《うろた》えて、口をぱくぱくさせている。彼の背後では、メイドが怯《おび》えたような顔つきで主人と私の間で視線をうろうろさせていた。

「義父上《ちちうえ》、私の妻に会いたいのですが……」

「侯爵様、ご挨拶《あいさつ》が遅《おく》れまして申し訳ありません。セドリックがぐずっておりましたの」

さっさと本題に入ろうとしたところでサンドラが階段を下りてくる。綺麗に着飾《きかざ》った彼女は、優雅《ゆうが》に微笑み、アルフォンスに気付いても臆《おく》することなく挨拶をする。そして、ライモスの隣に並ぶ。

「今、マーガレットも参りますわ。ですから、ゆっくりお話しできる応接間に。スザンナ、仕度をしてちょうだい」

伯爵の後ろにいたメイドが一礼して去っていく。

「その必要はありません。私は妻の無事を確認《かくにん》したいのです。昨夜は、酷《ひど》い嵐だったでしょう？　繊細《せんさい》な彼女は眠れやしなかったのではと心配でたまらないのです」

「あの子は、セドリックの傍におりますわ。熱が高くて魘《うな》されているんですの、可哀想《かわいそう》で離れられないようですわ」

さも心を痛めていると言わんばかりにサンドラが悲しい顔を作る。ライモスが「すぐに良くなる」と声を掛けて、妻の肩を撫《な》でた。

「そうかい、それは心配だなぁ」

アルフォンスが徐《おもむろ》に口を開く。

「侯爵夫人も体があまり強くないだろう？　そんな風邪《かぜ》がうつったら大変じゃないか。ああ、そうだ。私が医者を手配しようか？」

アルフォンスの提案にライモスが慌てて首を横に振った。

「い、いいえ、殿下のお手を煩《わずら》わせるようなことでは……っ！　医者にも見せておりますし、じきに良くなります」

サンドラが夫の言葉に「ええ、そうですわ」とすかさず頷く。

頑《がん》として私とリリアーナを会わせたくないようだ。

「ならば、妻に会わせてくれませんか？　じきに良くなるのでしょう？」

「だ、だからそれはですな」

「ああ、侯爵様、マーガレットが来ましたわ」

夫の言葉を遮《さえぎ》って、サンドラがドアのほうを振り返った。顔を向ければ、真っ赤なドレスに身を包んだ若い娘《むすめ》が階段を下りてくる。

サンドラによく似た顔立ちで、客観的に見れば確かに美人の部類なのだろう。だが、その勝《か》ち誇《ほこ》ったような笑みに性格の悪さがにじみ出ている。

「殿下、侯爵様、ようこそエイトン伯爵家へ。マーガレット・サンドラ・ドゥ・オールウインでございます」

何故かマーガレット含《ふく》め、ライモスとサンドラが私に何かを期待しているようなまなざしを向けてくる。意味が分からなかったが、無視はいけないと挨拶を返す。

「ああ、どうも、義姉上《あねうえ》」

私の返事は、どうやら彼らのお気に召《め》さなかったらしい。ライモスは明らかに狼狽え、サンドラは微笑みを一瞬《いっしゅん》凍《こお》らせ、マーガレットは頰を引《ひ》き攣《つ》らせた。

「きょ、今日は侯爵様に会えると聞いて、楽しみにしていたのです」

しかしめげずにマーガレットが口を開く。

「はぁ、そうですか。それより、義父上、リリアーナはどこですか？」

私は彼女を見もせずにライモスを半ば睨《にら》みつけるようにしながら尋ねる。

「傍を離れられないのなら、私が会いに行きましょう。部屋だけ教えていただければ、案内は結構。殿下のお相手を頼みます」

そう告げた私に「お待ち下さい」とサンドラの強張《こわば》った声が私を止めた。

サンドラは、悲しげに、あたかも途方《とほう》にくれているかのように目を伏《ふ》せながら口を開く。

「そ、それが、実はリリアーナは、あの娘は、セドリックを連れて逃げ出したのです」

「逃げ出した？　リリアーナが？」

「ええ。……もう侯爵様との結婚生活が嫌だと言って、必死に引き留めたのですが、目を離した隙《すき》に、まさか可愛いセドリックまで連れ出すなんて……っ」

サンドラがハンカチで目元を抑える。

「あんな役立たずの娘を侯爵様は妻にして下さったのに、なんとお詫《わ》び申し上げれば良いか。本当に申し訳ありません。しかも大事な後継《あとつ》ぎであるセドリックまで連れ去られて、我々も途方にくれてしまっているのです」

急に饒舌《じょうぜつ》になったライモスがサンドラの肩を抱《だ》きながら言った。

マーガレットが私の傍にやって来る。

「侯爵様、愚《おろ》かな妹がとんだ無礼を……妹のしたことは私が償《つぐな》いますわ」

ああ、そういうことかと熱っぽく私を見つめるマーガレットにようやく、この親子の猿《さる》芝居《しばい》の目的を知る。

この親子は、マーガレットを私の妻にしたいのだ。だから邪魔者《じゃまもの》であるリリアーナを修道院に入れてしまいたいのだ。セドリックについては、推測でしかないが遺産や財産の権利の関係で彼がいないほうが、この親子にとって都合がいいに違いない。だから、リリアーナが連れ去ったことになっているのだろう。とうにエイトン伯爵家としての誇りが彼らにはないのだ。

だが、この様子からして、まだリリアーナはこの敷地内のどこかにいるのだろう。既に修道院に送られていたとしたら、もっと余裕があるはずだ。

「マーガレットは、自慢《じまん》の娘でございます。あれと違って、侯爵様を公私共にお支えする素晴《すば》らしい侯爵夫人になるでしょう」

ライモスが誇らしげに言った。父の言葉にうっとりした顔のマーガレットが私の手をそっと握ろうとしてきたので、振り払《はら》う。

「馬鹿馬鹿しい」

自分で思ったよりも低い声が出た。

「私が、貴様らがリリアーナにしてきた仕打ちを知らないとでも思ったか？」

マーガレットが虚《きょ》を衝《つ》かれたような顔で私を見上げる。

「リリアーナが出て行った？　彼女は私に何も告げずに出て行くような不義理な女性ではないし、ましてや彼女がこの世で一番大切にしている弟を無責任に連れ出すような真似《まね》はしない。私にこの女を宛《あ》てがいたいのだろうが、私の妻は生涯《しょうがい》、リリアーナだけだ」

「侯爵夫人のほうがとびきり綺麗だし、何より性格もいいしねぇ」

アルフォンスがマーガレットを見て鼻で笑う。マーガレットの顔が一気に屈辱《くつじょく》に赤く染まる。

「私のほうがあんな役立たずの陰気《いんき》な女より綺麗に決まっているでしょ!?　信じられない！　頭おかしいんじゃないの！」

甲高い声でマーガレットがキーキーと喚《わめ》き、更《さら》に言《い》い募《つの》ろうとする。

だが、アルフォンスがパンッと手を打った渇《かわ》いた音が響き渡ると、しんと静まり返った。

ライモスはあっけにとられ、サンドラは恐《おそ》ろしいほどの無表情になっていた。

最初に口を開いたのは、アルフォンスだった。

「随分と失礼な娘を育てたようだ。躾《しつけ》がなっていないな、エイトン伯爵」

嘲《あざけ》るように小首を傾げたアルフォンスに、ライモスの顔が青を通り越して白くなった。

マーガレットも自分が誰に対して何を言ったのか、ようやく理解したのか青白い顔でずるずるとその場に座り込む。

「この私に対して、随分と、無礼で、生意気なことだ」

「も、申し訳、ありま、せんっ」

アルフォンスに対し、ガタガタと震えながらライモスが頭を下げる。

「わたくし、気分が悪くなってきてしまいました、少し休ませていただきますわ」

淡々《たんたん》と告げたサンドラが夫と娘を置き去りにして、どこかへ去っていく。

「む、娘は、ずっと侯爵様に、憧《あこが》れていて、それで」

「私に相手にされなかったからと、殿下に当たり散らすのか？」

ライモスが言葉を詰《つ》まらせる。

「だ、だって、おかしいじゃない、私のどこがリリアーナに劣《おと》っているというのよ」

マーガレットがもごもごと言った。

マーガレットは産まれてからずっとリリアーナと比べられ、常に上だと言われてここまで育ったのだろう。私や、たとえ、王太子であるアルフォンスがリリアーナのほうが素晴らしいといくら言っても、理解できないのだ。

「比べるまでもない。私にとってはリリアーナ以上に素晴らしい女性も、愛おしいと思える女性もいないというだけの話だ」

マーガレットがきゅっと唇《くちびる》を結んで俯《うつむ》く。きっと私の言葉に納得することができないのだろう。

「伯爵、本当に侯爵夫人は出て行ってしまったのかい？」

アルフォンスが改めて問いかける。

「は、はいっ。部屋はもぬけの殻《から》で、馬も一頭いなくなっていて……っ」

「エルサ、夫人の侍女である君に聞くけど、夫人は乗馬ができるのかい？」

ライモスがびくりと肩を揺《ゆ》らして、私の後ろに立つエルサに顔を向けた。

「乗馬はできません。これまで一度も奥様は馬に乗ったことはございません」

「おや、では馬に乗れないねぇ。セドリックだってまだ九歳では乗馬ができない姉を支えながら乗りこなすなんて到底《とうてい》無理だろう？」

「伯爵、もう一度だけ聞く。リリアーナはどこだ？」

ライモスは、俯いたまま、時折、意味のないうめき声を漏《も》らして、押し黙っている。

「修道院よ」

ふいにマーガレットが言った。

「あの女は、鬱陶《うっとう》しい弟と一緒にもう修道院に向かっているんじゃないかしら？　私が部屋に呼び付けた時、お母様がもう迎えはすぐに来るって言ってたもの」

ふふんと勝ち誇ったようにマーガレットが笑い、立ち上がる。私のもとに駆け寄って来て、媚《こび》を売るように微笑んだ。

「だから、私を妻にして下さいませ。必ず侯爵様のお役に立ってみせますわ」

「断る。君と結婚するくらいなら私は一生独身でいい」

「旦那様、近年まれにみる素晴らしいご判断です」

エルサがぱちぱちと拍手《はくしゅ》をしてくれる。恐ろしいほどに紺色の瞳が怒りに満《み》ち溢《あふ》れているので、リリアーナをこれでもかと可愛がっているエルサの堪忍袋《かんにんぶくろ》の緒《お》も切れそうなのだろう。私だっていい加減、切れそうだ。

「何よ、生意気ね！　使用人の分際で！　あいつはもういないって言ってるでしょ！」

「いいから私の奥様を出しやがれ下さいって言ってんですよ、この性悪女《しょうわるおんな》」

「おい、エルサ、まっ」

今にも殴りかかりそうなエルサを手で制した時だった。

ガタンと突然《とつぜん》、私たちのすぐ横の壁に掛けられていた絵画が外れて落ちた。私は、咄嗟に剣に手を伸ばし、エルサたちも懐《ふところ》の武器へと手を掛けたが、そこにいたのは一人の少年だった。

　壁にこちら側からは分からないが、向こう側から開けられる小さな戸があったようで、それが開いて、這《は》いずって通れるだけの狭《せま》い隠し通路から少年が顔を出している。

　マーガレットたちが息を呑《の》んだ音が聞こえた。

「君は？」

　しばし、茫然《ぼうぜん》としていた少年は、私の声にはっと我を取り戻す。そして、私とアルフォンスの間で視線を彷徨《さまよ》わせた後、私に顔を向けた。紫の瞳に涙《なみだ》をためながら、何故かシャツのボタンを外し始めた。

「ぼ、僕は、セドリックです」

「嘘《うそ》よ！　セドリックなんかじゃないわ、あいつはリリアーナと修道院に向かっているはずで、この屋敷にはいないもの！　誰か！　誰か！　侵入者《しんにゅうしゃ》よ！」

　マーガレットが喚き散らし、セドリックを引きずり下ろそうとするのをエルサが羽交《はが》い絞《じ》めにして拘束《こうそく》する。

「そいつは偽物《にせもの》よ！　あんたがいたら私が侯爵様と結婚できないいじゃない！　お父様、今すぐあの偽物を外へ放り出してよ！」

　マーガレットが騒《さわ》ぐがライモスは青い顔でガタガタと震えるばかりだ。

「僕は、本物です！　証拠《しょうこ》だってあります！　あ、貴方がウィリアム様ですかっ？　姉様が言ってた、青い目の侯爵様……っ」

「ああ。私がリリアーナの夫、ウィリアム・ルーサーフォードだ」

私の言葉にセドリックは、ぼとぼとと涙を零しながら擦《す》り傷《きず》のついた小さな手で、首にかけていたものを掲《かか》げて見せた。

青く輝くサファイアは、間違いなく私がリリアーナに贈《おく》ったネックレスだった。

「リリアーナ姉様をっ、助けて下さいっ」

私は腕を伸ばして、少年を――セドリックを抱き上げる。リリアーナが言っていた通り、淡《あわ》い金髪に紫の瞳のとびきり可愛らしい少年だ。

「スザンナが鍵を開けてくれて、でも、姉様がいなくてっ、隠し通路で道に迷って、だから、早くしないと姉様が、つれてかれちゃう……っ」

「大丈夫だ。私が必ず助ける。案内を頼めるかい、セドリック？」

セドリックが涙を拭《ぬぐ》いながら、力強く頷く。彼を片腕で抱きかかえ、小さな頭を撫でる。

「アル、フレデリック、あとは頼む」

今度こそ、と足を踏《ふ》み出したところで、エントランスに哀願《あいがん》が響く。

「お、お助け下さいっ」

階段を駆け下りてきたのは応接間の仕度に行っていたはずのメイド、スザンナだった。

「奥様が、リリアーナ様のお部屋に。酷く怒っていて、また鞭を持ち出したのですっ」

「リリアーナはこの家の中にいるんだな？」

メイドはしかと頷き「こちらです」と走り出し、私はその背に続いて駆け出した。


何度か挑戦《ちょうせん》してみましたが、鍵のかかったドアはびくともしませんでした。

ドアと窓を行ったり来たりして、セドリックの無事とウィリアム様が来て下さることを祈り続けます。

窓の外で馬車がまだそこにあることを確認して、空を見上げます。いつの間にか雨はやんでいて、雲の合間に薄く光が差し込んでいます。

ガチャリとドアの開く音に振り返ります。

「ウィリアム様？」

けれど、そこに立っていたのは悪魔のような怖い顔をしたサンドラ様でした。手には、あの乗馬用の鞭が握られています。

「お、おやめ下さいっ！　侯爵夫人に手を出せば、侯爵様の逆鱗《げきりん》に触れることにっ」

そう言って、サンドラ様を止めようと腕を引いているのは、私がキャンディをあげたメイドのスザンナさんでした。

「黙りなさい！　これが侯爵夫人なわけがないでしょうっ⁉」

どんっと突き飛ばされ、メイドさんが尻餅《しりもち》をつきます。サンドラ様がメイドさんに向かって鞭を振り上げた瞬間、私は思わずベッドの上にあったクッションを投げつけました。ぽすんと間抜けな音がして、サンドラ様に当たったクッションが床に転がります。

「に、逃げなさい！」

私の声にメイドさんが、一瞬迷った後、慌てて立ち上がり走り去っていきます。できれば、彼女がウィリアム様かエルサを呼んで来てくれるといいのですが。

「わたくしに逆らってこんなものを投げつけてくるなんて、随分と偉くなったのねぇ。リリアーナの分際で」

サンドラ様が、くすくすと笑いながらやって来ます。私はできるだけ距離を取ろうとベッドを間に挟《はさ》むようにしてサンドラ様と距離を取り、もう一個のクッションを胸に抱えます。

「来なさい、お前だけでも修道院へ行くのよっ」

「い、嫌ですっ」

クッションを盾《たて》に私はサンドラ様から逃げ回ります。その間、サンドラ様は思いつく限りの罵詈雑言《ばりぞうごん》を私にぶつけながら、ぶんぶんと鞭を振り回しています。綺麗に整えられていたはずの髪《かみ》が乱れて、ますます悪魔みたいです。

「ああ、本当にお前はカトリーヌにそっくりだわ。生まれがいいというだけで、子爵令《ししゃくれい》嬢《じょう》というだけで、私から愛する人も、名誉も地位も全てを奪《うば》った女に！」

ドアのほうに逃げ出そうにも、サンドラ様が巧《たく》みにそれを阻止《そし》してきてうまくいきません。

「あの侯爵も戦争で頭が変になったのかしらねぇ。マーガレットのような完璧《かんぺき》な娘ではなく、お前みたいな役立たずの出来損《できそこ》ないがいいと言うんだも、のっ」

私はその言葉に思わずサンドラ様の顔に向かってクッションを投げつけていました。

「私のことは何と言っても構いません！　ですが、私の旦那様を侮辱《ぶじょく》することだけは許しません！」

「……口の利き方に気をつけなさい。頭のおかしい侯爵のせいで、ますますおかしくなったの？　わたくしはお前の母親よ？」

「あなたは私にとって、もう何者でもありませんっ！」

こんな大きな声を出したのは生まれて初めてで、緊張《きんちょう》に心臓がバクバク震えています。

私は両手を握り締め、真《ま》っ直《す》ぐにサンドラ様を見据《みす》えます。

「私は、あなたが虐《いじ》めて、おもちゃにしていた役立たずのリリアーナではもうありません。スプリングフィールド侯爵夫人、リリアーナ・カトリーヌ・ドゥ・オールウィン＝ルーサーフォードです！　ウィリアム様を侮辱することだけは、この私が絶対に許しません！」

「だから、だから、何なのよ！」

ひゅんと空気を切る音して、鞭が振り上げられました。

「リリアーナの、醜《みにく》い役立たずの分際でっ！」

ウィリアム様の言う通りです。私を馬鹿にして虐《しいた》げることでしか、自分を保てないこの人の何が怖かったのでしょう。あまりにも哀《あわ》れに見えて、もうこれっぽっちも怖くなんてありませんでした。

私は鞭が振り下ろされるその瞬間まで目を逸《そ》らすまいと決意しました。

ですが、それは私と鞭の間に割って入った大きな背中に遮られます。

ふわりと鼻先を撫でたのは、爽《さわ》やかなコロンのいい香りでした。

「ウィリアム様……？」

琥珀色《こはくいろ》の髪が、窓から差し込む光に照らされてキラキラと輝いています。

首をひねってこちらを振り返った、大好きな青い瞳が柔《やわ》らかに細められます。

「遅くなってすまない。迎えに来たよ、リリアーナ」

「ウ、ウィリアム様……っ」

全身に安堵が広がってへたりこみそうになりますが、すかさず誰かが支えてくれて、何かが私に抱き着いてきます。

「奥様、エルサも参りましたよ。もう何があってもエルサはお傍を離れませんからね！」

「ね、姉様ぁっ」

私を支えてくれているのはエルサで、抱き着いているのはセドリックでした。セドリックをほぼ反射的に抱き締め返して、私は安堵の息を零します。

「ああ、セディっ」

ぎゅうと力の限り抱き締めてその存在を確かめます。そして、セドリックの顔をよく見ようとした時、ガキンッと鉄と鉄のぶつかり合うような音と共に私はエルサの背に庇《かば》われていました。

はっとして顔を上げれば、ウィリアム様があの不気味な男と剣を交えていたのです。

「奥様、下がって下さいませ！」

エルサに言われるまま私はセドリックと共に部屋の隅《すみ》へと逃げ、空っぽのクローゼットに入るように言われ、その通りにします。

すぐに五、六人ほどの黒い服の男たちが部屋に入ってきました。

「あのクローゼットの中にいる二人を連れて行きなさい！」

サンドラ様の金切り声に男たちが襲《おそ》い掛かってきますが、ウィリアム様がそれを防いで下さいます。ウィリアム様は剣を鞘《さや》から抜かないまま、相手の急所に的確に叩き込み、一人、また一人と床に倒れていきます。

「す、すごい……」

「ふふっ、当家の旦那様はこの国一番の騎士様でございますから」

セドリックの呟きにエルサが得意げに返します。

「そこを退《ど》きなさい！」

「退くわけがありません！」

ウィリアム様の隙を掻《か》い潜《くぐ》って、サンドラ様がやって来ますがエルサが果敢《かかん》に立ち向かってくれます。

「退きなさいと、このわたくしが言っているのよっ！」

「エルサ！」

振り上げられた鞭は、けれど、エルサに当たることはありませんでした。

「これは、人に向けるべきものではないだろう？」

ウィリアム様が右手で鞭を捕《つか》まえていて、見れば男たちは皆、床に倒れて転がっていました。ううっというううめき声がちらほら聞こえます。

私はセドリックと共にクローゼットから出てウィリアム様の背中に抱き着きます。

「ウィリアム様……っ」

「もう大丈夫だ。リリアーナ、セドリックも一緒にかえ、」

「それは、修道院に行くのよ……っ！」

ウィリアム様の言葉を遮るようにサンドラ様が声を荒《あら》らげました。

「行かないと言っているだろう？　リリアーナは私の妻だ。私の傍にいてほしいと、私が望んだ大切な人だ」

「あんな、醜い傷跡《きずあと》がある娘なのに？」

ウィリアム様の背中でサンドラ様の顔は見えません。ですが、どこか呆然《ぼうぜん》としていて、ウィリアム様の言葉が心底、理解できないという気持ちがその声に滲んでいました。

「だから何だ。そもそも傷を抱えていることは、婚約をするにあたって、伯爵から聞いていた。だが、傷の有無《うむ》は私にとって些事《さじ》だった。私は、リリアーナだから共に在りたいのだ。他の誰かではなんら意味はない」

その言葉が胸にじんわりと広がって、心がぽかぽかします。

私はセドリックの髪を撫で、エルサに笑みを向け、ウィリアム様の隣に並びました。

「お継母様《かあさま》、いえ、サンドラ様」

ヘーゼルの瞳がゆっくりと私に向けられます。

「私はもうここに帰って来ることはないでしょう。セドリックのことも大切にする気がないようですから、連れて行きます」

「……何を」

「あなたに支配された十五年間、私はあなたが怖くて、怖くて仕方がなかった。幸せになりたいという願いさえ持てずにいました。でも、今の私は幸せです」

柔らかに微笑んだ私とは対照的に、サンドラ様はヘーゼルの瞳を見開いて固まってしまいました。

「私のことはもう忘れて下さいませ。どうかもう憎《にく》しみに囚《とら》われることなく、生きて下さい。私はそれ以外のことは、サンドラ様には何一つ望んでいませんから」

柔らかに微笑んで頭を下げます。

「ウィリアム様、帰りましょう」

「ああ。帰ろうか」

そう言って穏やかに笑って下さるウィリアム様と共にセドリックの手を引いて私は十五年を過ごした部屋を後にしました。廊下に出て、ドアを閉めた途端《とたん》、何かがドアに投げつけられる音がして、中で何かを叫《さけ》ぶ声と暴れるような音が聞こえてきました。

私は、セドリックの手を引き、振り返ることなく廊下を歩き出しますが、部屋から離れるにつれて、足が震えてうまく歩けなくなってしまい、へたりこんでしまいそうになりました。ですが、すかさずウィリアム様が抱えて下さいます。

「す、すみません。安心したら、力が抜けて……っ」

「とても頑張ったものな。サンドラに立ち向かう君は、凛《りん》として美しかったよ」

「姉様、大丈夫?」

誇らしげに笑うウィリアム様と心配そうなセドリックにあわあわしながら、頷きます。

「奥様、本当に本当にご立派でした。このエルサ、思い出すだけで胸が熱くなります」

エルサが目元をハンカチで押さえながら言いました。ちょっと大げさな気もしますが、エルサに褒《ほ》められるのは素直《すなお》に嬉《うれ》しいです。

そのままゆっくりと階段を下りて、エントランスへと辿り着きます。

「あ、あの、侯爵様……」

セドリックが躊躇《ためら》いがちにウィリアム様を呼びます。

私を抱えたままウィリアム様が「なんだい？」と首を傾げます。

「あの、本当に僕も一緒に行っていいのですか？」

不安そうに尋ねるセドリックにウィリアム様は、優しい笑顔で答えて下さいます。

「もちろん。君のお父様にきちんとお許しはもらっているからね。詳《くわ》しいことは後で説明するけれど、今日から君の家は君が学院を卒業するまで侯爵家になるんだ。ずーっとリリアーナといられるよ」

「ええ、許可はこの通り、きっちりばっちり取って参りました」

どこからともなくフレデリックさんが現れて、父のサインがされた同意書を見せてくれました。

セドリックの顔がぱぁっと輝いていきます。

「あ、ありがとうございますっ、侯爵様！」

ますます顔を輝かせたセドリックはとても可愛いです。

「も、もちろんだとも！　ぐっ、可愛い」

「そうなのです、セドリックは世界一可愛いのですっ」

可愛さに唸《うな》るウィリアム様に私は力いっぱい頷きます。見ればエルサも悶《もだ》えています。

「旦那様、お気持ちは分かりますが屋敷でアーサーたちも首を長くして待っています。可愛さは馬車の中で堪能《たんのう》して下さいませ」

こんな時でも冷静なフレデリックさんに促《うなが》されて、ウィリアム様が再び歩き出します。

「アルフォンスは？」

「大事なお話をしている最中でございますので、先に帰っていてくれ、と。修道院の方々もカドック様が対応して下さいますので、ご安心下さい」

「そうか。なら先に帰ろう」

開け放たれたエントランスの扉《とびら》をくぐりポーチへと出ます。

外は白い雲が眩《まばゆ》く輝く青く晴れた空が広がっています。

フレデリックさんがドアを開けてくれ、ウィリアム様が先に私を馬車に乗せます。ついでセドリック、その隣にウィリアム様が乗り込んで、向かいの座席にエルサとフレデリックさんが乗り込みました。

ドアが閉められ、馬車が動き出します。

私は、一度だけ窓から生まれ育った伯爵家を振り返りました。

なんだか悲しいような寂しいような、それでいてさっぱりとした不思議な気持ちです。

「姉様」

「どうしました？」

声を掛けられてセドリックに顔を向けます。

差し出された彼の小さな手には、私のネックレスがころんと転がっていました。

「どうしてセドリックにこれを持たせていたんだい？」

ウィリアム様が不思議そうに首を傾げます。

「私の世界一大切な宝物を、ウィリアム様に守ってほしかったのです」

「姉様の言う通り、ちゃんと守ってくれました。ありがとうございます、ウィリアム様」

嬉しそうに笑うセドリックの頭をウィリアム様は、くしゃくしゃと撫でて「そうか」と照れくさそうに言いました。そして、小さな手からネックレスを摘まみ上げ、私の首にそれをかけ直してくれます。

いつもの輝きが私の首元に戻って来て、自然と肩の力が抜けます。

「おかえり、リリアーナ」

柔らかに、心からの安堵と共に微笑むウィリアム様に、私も安心から溢れそうになる涙を耐《た》えて微笑みを返します。

「ただいま戻りました、ウィリアム様」

私は、私の帰るべき場所へ帰って来られたのです。

こうして私たちは、エイトン伯爵家を後にしたのでした。

第六章　安心できる居場所

「申し訳ありません、ウィリアム様」

「君が謝る必要なんて、これっぽっちもないよ。今はゆっくり休みなさい」

そう言って、優《やさ》しく微笑《ほほえ》んだウィリアム様は、私に毛布をそっと掛《か》け直して下さいます。

ウィリアム様の横には、しょんぼりと不安そうな様子でセドリックがいます。

「大丈夫《だいじょうぶ》ですよ、セディ。姉様は、すぐに元気になりますからね」

私は手を伸《の》ばして、セドリックの柔《やわ》らかな頬《ほお》をそっと撫《な》でました。すると小さな両手がぎゅっと私の手を握《にぎ》り締《し》めます。

伯爵家《はくしゃくけ》から戻《もど》って、既に三日目の夜になります。

あの日は、馬車の中でエルサが私の頬が赤く腫《は》れていることに気付いて、ウィリアム様の心配性が加速し、セドリックが泣き出し、エルサが怒《おこ》り、と大変でしたが侯爵家《こうしゃくけ》に戻るとアーサーさんをはじめ、使用人の皆《みな》さんが全員で私の帰りを待っていてくれました。

私の帰りを心から喜んでくれた皆さんの安堵《あんど》に満ちた笑顔《えがお》と、ウィリアム様に改めて言われた「おかえり」という言葉を聞いた瞬間《しゅんかん》、全身の力が抜《ぬ》けて、今度は私が倒《たお》れてしまったのです。その上、昨日、一昨日《おととい》と熱まで出してしまい、皆さんにとても心配をかけてしまいました。今日はもう熱も下がっているのですが、念のため、まだベッドから出てはいけないと言われているのです。

　ウィリアム様もセドリックも片時も私の傍《そば》を離《はな》れようとせず、ウィリアム様はいつかのようにデスクを私のベッドの横に置き、仕事をしながらも看病して下さいました。セドリックは、私の手を握り締めて、ずっと押し黙《だま》ったまま傍にいました。眠《ねむ》る時は、私に抱《だ》き着《つ》いていなければ不安で眠れないようなのです。

　実の父親にいきなり殴《なぐ》られ、屋根裏部屋に閉じ込められて、実の母親に修道院に入れられそうになったのですから、セドリックの幼い心につけられた傷を想《おも》うと胸が痛みます。

　今日の仕事を終え、湯浴みを済ませたウィリアム様は寝《ね》る前に様子を見に来ています。私のことはもちろんですがセドリックのことも心配して下さっています。

「セディ、本当にもう大丈夫なのですよ」

　きゅっと唇《くちびる》を結んでセドリックはこくんと頷《うなず》きますが、全然大丈夫そうに見えません。その小さな胸の内に、どんな感情が溢《あふ》れているのでしょうか。どうすればセドリックが顔を上げてくれるのか、と私は言葉を詰《つ》まらせます。

「セドリック」

　低く甘やかな声が穏《おだ》やかに弟の名を呼びます。

僅《わず》かに顔を上げたセドリックが、自分を優しく見つめる青い瞳《ひとみ》を見つめ返します。

「何が不安なのか、私とリリアーナに教えてくれないか？」

ウィリアム様の言葉にセドリックはしばらく黙ったままでしたが、私の手を一度、ぎゅうと強く握ると小さな唇を震《ふる》わせました。

「……………また、姉様、と離れ離れになるのが、怖《こわ》いんです」

ぽとり、と紫色《むらさきいろ》の瞳を濡《ぬ》らす涙《なみだ》が零《こぼ》れて落ちました。

「だって、姉様……急に、いなく、なっちゃった、から」

ぽたぽたと涙が零れ落ちて、まろい頬が濡れています。

ウィリアム様が後見人についてセドリックには話してくれているはずですが、きっと頭では理解していても、心が整理しきれていなかったのでしょう。

「セドリック、それは……」

ウィリアム様が何かを言う前にセドリックが首を横に振《ふ》ります。

「侯爵様は悪くないです……だって、姉様のこと、大事に、してくれるから……寂《さび》しかったけど、でも、もう姉様が痛い思いをしなくていいんだって、嬉《うれ》しかった、から」

ひっくひっくとしゃくり上げながら、セドリックが懸命《けんめい》に言葉を紡《つむ》ぎます。

ウィリアム様が立ち上がり、椅子《いす》を退《ど》けてセドリックの足元に跪《ひざまず》きました。そして、小さな顔を下から覗《のぞ》き込むようにして、真《ま》っ直《す》ぐに見つめます。

「セドリック、リリアーナの小さな王子様」

ウィリアム様の言葉にセドリックのまつ毛がぱちりと瞬《まばた》いて、涙が落ちます。

「君がこれまでずっとリリアーナの心を護《まも》り続けてくれていた。だが、きっとこれからも君の笑顔がリリアーナの心を護り続けていくんだろうと私は思っているんだよ」

「僕が、姉様の、心を？」

「ええ。あの家の中で、貴方《あなた》だけが私の希望で、癒《いや》しで、喜びでした」

私は体を起こし、もう片方の手で涙を拭《ぬぐ》い、微笑みかけます。

「私はね、セドリック。リリアーナには笑顔でいてほしいんだ。でもリリアーナの笑顔には、君が必要不可欠だ。だから、君にはリリアーナの傍にいてもらわなくては困るんだ」

「……僕がいないと、困るの？」

セドリックが呆然《ぼうぜん》とウィリアム様を見つめています。そんなセドリックにウィリアム様は、優しい笑顔を零して、私の手を握る小さな両手を大きな手で包み込みます。

「ああ。それに私も君と仲良くなりたい。リリアーナが元気になったら三人でピクニックに行きたいんだ。良ければ、一緒《いっしょ》に剣術《けんじゅつ》の稽古《けいこ》や、庭の探検もしたい」

「私も、貴方と一緒にクッキーを焼いたり、図書室で借りた本を読んだり、したいことがたくさんあるのですよ」

ふっと笑ったウィリアム様が、ひょいとセドリックを抱き上げて私の隣《となり》に座らせます。

ウィリアム様ご自身もベッドの縁《ふち》に腰《こし》かけました。私は後ろから包み込むように弟を抱き締めます。

「セディ、君はこれまでとても頑張《がんば》ってきた。だが、もう一人で頑張らなくていい。君が大人になってこの屋敷《やしき》を出て行くまでずっと一緒だ。だからもう何も怖がらなくていい。リリアーナのことも、君のことも、私が護る。もう二度と君たちの笑顔が曇《くも》らないように」

くしゃりとセドリックが顔を歪《ゆが》めて、ぼたぼたと大粒《おおつぶ》の涙が溢れ出しました。

「ふっ、うっ、わぁぁぁあ……っ」

声を上げて泣き出したセドリックを私はぎゅうと抱き締めます。すると力強い腕《うで》が私ごとセドリックを抱き締めて下さいます。その力強い温《ぬく》もりは、いつだって私に安心を与《あた》えてくれるもので、セドリックにつられて涙が溢れてきてしまいました。

「……好きなだけ泣きなさい。そうすればきっと、さっぱりするよ」

そう言ってウィリアム様は、私たちをずっと抱き締めていて下さったのでした。

少し話をしようと言われて、私はウィリアム様とベッドの縁に並んで腰かけました。泣き疲《つか》れて眠ってしまったセドリックは、すやすやと穏やかな寝息を立てています。

私の肩《かた》に枕元《まくらもと》にあったショールを掛けて、ウィリアム様が口を開きます。

「まずは、伯爵たちのことだが」

その言葉に私は背筋を正します。

「伯爵夫妻は領地に行くことになった。私が監視《かんし》をつけて、真っ当な運営をさせるよ。三〇〇〇万リルの借金も彼らがきちんと私に返せるようにね。あれは彼らが作ったものだ。その代償《だいしょう》はきちんと自分で払《はら》わなければならない。幸い、エイトン伯爵領は豊かな土地だ。セドリックが継《つ》ぐ頃《ころ》にはむしろ貯《たくわ》えができているだろう」

「そう、ですか……。あ、姉様は」

「義姉上《あねうえ》には、アルフォンスが縁談《えんだん》を用意すると言っていた。あの苛烈《かれつ》な性格を受け入れてくれる紳士《しんし》に出会えることを祈《いの》ろう。私たちにはそれくらいしかできないよ」

そう言ってウィリアム様が肩を竦《すく》めました。

何事も丸く収まりそうで、私はほっとしました。

「……本当に全てを思い出したよ」

ウィリアム様が前を見据《みす》えたまま言いました。私はその横顔を見つめて言葉の続きを待ちます。

「私は、自分で全てを忘れたいと望んだんだ。……そうすれば君と、やり直せるのではと、そう思っていた」

ゆっくりと青い瞳が私へ向けられます。

「……きっかけは、視察先で彼女を、ロクサリーヌを見かけたことだった。彼女と私が婚《こん》約《やく》破《は》棄《き》に至った理由は……彼女の不貞《ふてい》、つまり浮気《うわき》だ。私が戦地からようやく引き上げて王都に帰って来た時、ロクサリーヌのお腹《なか》には仮面舞踏会で出会ったという、どこの誰《だれ》とも知れない男の子が宿っていた。彼女は寂しかったからだと言った」

思っていたより衝撃《しょうげき》的な内容に息を呑《の》みます。

ウィリアム様は、遠い記憶《きおく》を辿《たど》るように続けます。

「実は私たちの婚約は、陛下のすすめで両家の父が結んだものだった。だから、彼女は私たちだけではなく、陛下の顔にも泥《どろ》を塗《ぬ》った。私は信じられなかった。信じたく、なかったのかもしれない。私がその現実から目を背《そむ》けている間に、婚約は破棄され、彼女は遠方へ嫁《とつ》ぎ、ご両親は爵位《しゃくい》を返還《へんかん》し、私の父も私に爵位を譲《ゆず》って、領地に行ってしまった。それから私は、君も知っている通り女嫌《おんなぎら》い、女性不信、そういうものに陥《おちい》った。誰も私を見ない。皆、見るのは私の肩書ばかりで、いくら好きだと言っても、裏切るのだろう、と」

ふうとウィリアム様が息を吐《は》き出して天井《てんじょう》へと顔を向けました。

「それで、情けないことに何もかもが嫌《いや》になって、形だけの結婚《けっこん》を考えた。そうすれば煩《わずら》わしい誘《さそ》いは消えるだろう、とね。その時、偶然《ぐうぜん》、夜会で君のことを知った。サンドラが君のことを他の夫人に話しているのを聞いたんだ。病弱で外にも出られぬ娘《むすめ》が哀《あわ》れだ、と。私は、都合がいい、と最低なことを考えた。病弱で外に出られぬのなら、浮気もしないだろうし、何より、私に群がる女性たちやその親にあれこれ詮索《せんさく》されなくて済む、と」

　唇の端《はし》に嘲《あざけ》りが微《かす》かに刻まれました。

「色々と調べて、まあほとんどはそもそも君が実在しているかということだったんだが、その過程で伯爵家に三〇〇〇万リルの借金があることを知った。それを利用して、マーガレットをすすめる伯爵を黙らせ、君と婚約をしたんだ。婚約式の話は前にもしたが、私は初めて君に会った時、この星色の瞳に魅入《みい》られてしまった。実は、君の傷跡《きずあと》の話は伯爵から聞いていた。醜《みにく》い傷跡があるのだ、と。騎士《きし》である私の体も傷跡だらけだから、そのことはさほど気にしていなかったんだよ」

　振り返ったウィリアム様が、私の頰に触《ふ》れ瞼《まぶた》にキスを落とします。くすぐったいのと照れくさいので首を竦めると、くすくすと柔らかな笑い声が降ってきました。

「君の星色の瞳に魅入られてしまった私は、婚約式の時にはどうしても君がいいと、本当は心の中では決まっていたんだ。でも、弱い私は、それを認めることができなかった。だから、面倒《めんどう》ごとを片付けるだけのはずだった結婚が……私は怖くなった」

　強張《こわば》った声に私は頰に添《そ》えられた大きな手に自分の手を添えます。

「結婚式の日、誓《ちか》いの言葉を告げた後、君がぽつりと呟《つぶや》いた『幸せになれるかしら』という言葉に私は怖くなった。私は自分勝手な人間で君を幸せにできないと思った。それと同時に美しいと、心から惹《ひ》かれた君に裏切られるのではと疑心暗鬼《ぎしんあんき》に陥った。私が君を愛して、もし君が私を愛してくれたとしたら私はとても幸せだろう。だが、同時にそれでまた裏切られたらと……途方《とほう》もなく、怖かった。二度目は耐《た》えられないと……だから、私は君を放置し関わらないという選択《せんたく》をした」

愚《おろ》かにもほどがある、とウィリアム様は後悔《こうかい》を滲《にじ》ませました。

「君のことはいつも心の片隅《かたすみ》にあった。フレデリックにもアルフォンスにも皆から君と向き合うように言われたが、私は逃《に》げ続け、そして、ロクサリーヌと一方的にだが再会した」

「お話しは、されなかったのですか？」

「ああ。彼女は私に気付かず、洗濯物《せんたくもの》を干していたよ。傍に小さな男の子がいて、あの時の子だと思う。彼女のお腹《ふく》は膨らんでいて、新たな命を宿していた。後から出てきた夫だと思われる男性が彼女に声を掛け、手伝っていた。彼女はとても幸せそうだった。その姿に私は、自分が情けなくて嫌になった」

ウィリアム様の手に添えた手に力を込めてきゅっと握り締めます。

「ロクサリーヌは、侯爵令嬢《こうしゃくれいじょう》で洗濯なんてもちろんしたことがなかっただろうし、あんな洗いざらしのシャツだって着たこともなかっただろう。だが、彼女は慣れた手つきで洗濯物を干していて、そのシャツも彼女に馴染《なじ》んでいた。それは、きっと彼女が努力した証《あかし》だ。幸せになろうと、また顔を上げて生きて行こうとした証だ、と。それが私はどうだろう？　国の英雄《えいゆう》ともて囃《はや》されながら、いつまでも過去を引きずり、何の罪もない君を傷付け、大切な友人や家族に延々と心配をかけ続けていた。自分が情けなくて、馬鹿馬鹿しくて、後悔や怒りや恐怖《きょうふ》、そういった負の感情が日に日に大きくなって、溢れて止まらなかった」

「大切な方に裏切られて臆病《おくびょう》になるのは、英雄も何も関係ありません。ロクサリーヌ様は大切な方だったのでしょう？」

「大切だったよ。でも将来の妻だから大切にしなければならないという、どこか義務のような気持ちがあって、本物の愛じゃなかったんだろう。それが彼女にも伝わっていたのかもしれないね」

「そう、なのですか？」

少しだけほっとしてしまう私が嫌ですが、これもウィリアム様を想えば生まれる感情なのだとエルサが教えてくれた今は、納得《なっとく》できる気がします。

「こちらに戻って来て、君とやり直すべきだと考えた。だが、臆病な私は一歩が踏《ふ》み出せず、全て忘れてしまえばやり直せると馬鹿な考えに至り、結果、頭を打って本当に全部忘れてしまったんだ。……リリアーナ」

ウィリアム様が、私の頬から手を離し、今度は彼のほうから私の手を握り直しました。

「改めて、謝らせてほしい。一年もの間、君を放置し、君の存在を無視し続けてしまったことは一生をかけて償《つぐな》うと誓う」

「そ、そんな償いは必要ありません……っ」

私は慌《あわ》てて首を横に振りました。

「だが、私がもっと早く君と向き合っていれば、セドリックにだって辛《つら》い思いを……」

「私には、必要な一年でした」

ウィリアム様の言葉を遮《さえぎ》って、私は告げます。

「ここへ来たばかりの頃の私は、全てが怖くて仕方がありませんでした。役立たずでなんの知識もない私は、幸せになれるなんて考えてもいなくて。エルサでさえ怖かったのです。でも、私が倒れた時、エルサは私の心に寄り添ってくれました。そこから私は少しずつ俯《うつむ》いてばかりだった日々から、顔を上げることができたのです。エルサやアーサーさんからマナーや勉強を教わったあの日々が少しずつ私に自信をくれました。それは貴方と向き合う自信です」

私は泣きそうな顔をしているウィリアム様に笑《え》みを向け頬をそっと撫でます。

「貴方が記憶を失って、私と過ごしてくれるようになった日々のほうが私は怖かったのです。ウィリアム様が記憶を取り戻したら、消えてしまうような偽《いつわ》りの幸福だと思っていたからです。でも、ウィリアム様は臆病な私に、何度も何度も言葉を重ねて、その幸福が本物だと教えてくれました。そして、本当に全てを思い出してもこうして何一つ忘れずにいて、あの家から私を助け出して、セドリックまで救ってくれました。私はそれで充分《じゅうぶん》なのです」

「……君は、優しすぎるなぁ」

やっぱり泣きそうな顔のまま、ウィリアム様が笑います。

「それはきっとウィリアム様が優しいから、そう感じて下さるのかもしれません」

ふふっと笑ってよしよしと甘やかすように頬を撫でました。ウィリアム様は、一度目を閉じると、今度は私の両手をその大きな手に捕《つか》まえました。

「ウィリアム様?」

「……私が倒れる前、君に伝えたいことがあると言ったのを覚えているかい?」

そういえばそんなことを言っていたような気がしますが、何分、私も必死だったので「待っていてくれ」という言葉以外はあんまり覚えていませんでした。

「君にどうしても伝えたいことがあって、私は記憶を取り戻したかった。私の罪も後悔も取り戻して、私自身と私が向き合って、それから君に伝えなければと思っていた。君が君自身と向き合って、色んなものを乗《の》り越《こ》えたように」

ウィリアム様の青い瞳が今までにないくらいに熱い感情を宿して私を見つめています。

「リリアーナ。私は君を愛している」

ウィリアム様の唇が象《かたど》った言葉が聞こえた瞬間、私は心臓が止まったような気さえしました。

「私が口にするには自分勝手な想いだと、分かっている。でも、どうしても君に伝えたかった。全てを取り戻した私の言葉でなければ、意味がないと……だから、記憶を取り戻したかった」

私の手を握る大きな手が微かに震えていました。

「私は君を、愛している。一人の女性として君を尊敬している。いつも優しく微笑んでいる君を、弱くもそして強くもある君を、セドリックを心から慈《いつく》しむ君を、私は愛している」

どくんどくんと心臓が跳《は》ねています。

真っ赤になっているウィリアム様の顔に負けないくらい私の顔も赤くなっているに違《ちが》いありません。その言葉がじわじわと私にしみ込むのに比例して、涙が勝手に溢れます。

「ど、どうしましょう、ウィリアム様」

「ど、どうした？　どこか痛いのか？　すまない、強く握りすぎてしまっただろうかっ？」

ぽろぽろと泣き出した私に、ぱっと手を離しておろおろしています。ですが、私は泣いているのに、笑顔になってしまうのです。

「嬉しくて、夢みたいで……わたし、しんでしまいそうです」

「し、死なれては困る。私も死んでしまうっ」

慌てたウィリアム様がぎゅうと私を抱き締めてくれます。私は、ウィリアム様を抱き締め返すようにその背に腕を回しました。私の腕では足りない、大きくて力強くて、優しい背中です。

「私も、世界で一番素敵《すてき》で格好いい私の旦那《だんな》様を、心からお慕《した》いしております」

心が叫《さけ》ぶままに私は、想いを告げました。

どうしても次の言葉は、彼の目を見て言いたくて、少しだけ体を離してその顔を覗き込みます。

「大好きです、ウィリアム様」

心の底からの想いを笑顔と共に告げた瞬間、ふわりと唇に柔らかなものが触れました。それがウィリアム様の唇だと気付いて、私は固まります。

「ははっ、確かに、うん、確かに嬉しすぎると、夢みたいだ」

ウィリアム様が、くすぐったそうに言って、ぎゅうと私を抱き締めます。私は、ウィリアム様を抱き締め返して、その胸に顔をうずめて隠《かく》しました。

「セ、セドリックの前では、絶対に、絶対に、唇へのキスは禁止ですからねっ」

混乱する私は、よく分からないことを口走っていましたが、はしゃぐウィリアム様は

「分かった」と素直《すなお》にお返事してくれました。

「なあ、リリアーナ」

「は、はい」

火照《ほて》る頬を持て余しながら私は返事をします。

「今夜は、君とセドリックと共に私もここで眠りたい。傍にいたいんだ」

甘えるように言われては、断るすべなんて私には分かりません。それに私も今夜はウィリアム様と離れたくありませんでした。

私が「私もです」と呟くと、ひょいとお姫様《ひめさま》抱っこをされてしまいました。目を白黒させている間にセドリックの隣に下ろされて、ウィリアム様もセドリックを間に挟《はさ》んで寝ころびます。

私が寝ころぶとセドリックが無意識の内に私に抱き着いてきて、安心したように頬を緩《ゆる》めました。それが可愛《かわい》くて、愛おしくてたまらずにいると、ウィリアム様も同じような眼《まな》差《ざ》しでセドリックを見守ってくれていることに気付きました。

ウィリアム様を見つめていると目が合って、青い瞳が柔らかに細められます。

「私が護るよ。君のことも、セドリックのことも」

「はい、ウィリアム様」

頷いた私の頬にキスをして、ウィリアム様は私の髪《かみ》を優しく、優しく撫でて下さいました。その温もりが、とても心地《ここち》良くて私は、あっという間に眠りに落ちてしまったのでした。

終章　偽りの幸福が終わる時

早いもので伯爵家《はくしゃくけ》での騒動《そうどう》から、二週間が経《た》ちました。

一週間前には私もようやくベッドから起き上がる許可が出て、ウィリアム様も騎士団《きしだん》でのお仕事に戻《もど》られました。穏《おだ》やかな日常が、ようやく戻って来たのです。

セドリックはウィリアム様が心の憂《うれ》いを取り除いてくれたあの日から、明るい笑顔《えがお》を見せてくれるようになり、ウィリアム様のことも「ウィリアム義兄様《にいさま》」と呼んでとても慕《した》うようになりました。ディナー前に帰ってきて下さるウィリアム様を毎日、今か今かと待っている姿がとても可愛《かわい》らしいです。

「素晴《すば》らしい！　君は刺繍《ししゅう》の天才だな！」

ディナーを終えて、湯浴みも済ませて、あとは寝《ね》るだけの時間。それはウィリアム様とセドリックと三人で団らんをする時間でもあります。明日はウィリアム様がお休みの日ですのでセドリックがいつもより嬉《うれ》しそうです。

私はそこで、今日、ようやく完成したウィリアム様のハンカチをプレゼントさせていただきました。

薄《うす》い水色のハンカチに、エルサとアリアナさんにアドバイスをもらいながら考えた剣《けん》と白い百合《ゆり》の花のモチーフを刺繍して、ウィリアム様の名前の頭文字《かしらもじ》もあしらいました。

ウィリアム様は、キラキラと目を輝《かがや》かせてハンカチを見つめています。ウィリアム様の膝《ひざ》の上にいるセドリックは「姉様の刺繍はやっぱり綺麗《きれい》」とはしゃいでいました。

「喜んでいただけて、良かったです」

言葉より雄弁《ゆうべん》に気に入ったと語って下さる横顔に声を掛《か》けました。

ウィリアム様と両想《りょうおも》いになった日から、ウィリアム様が以前の数倍、いいえ、数十倍は私に甘くなったような気がするのです。少しでも隙《すき》があるとキスをしてきますし、日常的に甘いお言葉を頂きます。嬉しいのですが、恥《は》ずかしさで日々大変です。

それに寂《さび》しがって一緒《いっしょ》に寝るセドリックに便乗して、ウィリアム様まで私のベッドでいまだに一緒に眠《ねむ》っています。寝起きの顔を見られるのが恥ずかしいのですが、セドリックが嬉しそうですし、ウィリアム様も楽しそうで何も言えません。

こんな幸せな悩《なや》みがあっていいのでしょうか、と少々自分がおかしくなってしまいます。

ですが、セドリックが健《すこ》やかに庭を探索《たんさく》したり、読書を楽しんだり、ウィリアム様が美味《おい》しそうに料理を堪能《たんのう》して、エルサやアリアナさんが活《い》き活きと私の世話を焼いてくれて、フレデリックさんが時折、ウィリアム様をからかう姿がある日常が、本当に本当にかけがえのないものに思えるのです。この日々を、この大切な人たちを私も大切にしていきたいのです。

「喜ばないわけがない！　ずっとエルサが羨《うらや》ましかったんだ！　一生大事にするからな！　早速《さっそく》、明日はこのハンカチを懐《ふところ》に入れておこう！」

「義兄様。この剣は義兄様なんですよ」

　セドリックがハンカチの剣を指差しながらウィリアム様に教えます。

「そうなのか？」

「ええ、ウィリアム様の剣を刺繍したんです。騎士様というとやっぱり剣のイメージが強いので」

「なら、こちらの白百合《しらゆり》は？」

　剣に寄《よ》り添《そ》うように咲《さ》く白百合の花と蕾《つぼみ》を指差して、ウィリアム様がちょっと意地悪に笑います。

「そ、それは、その、エルサの強いすすめで選んだお花でっ」

　私は頬《ほお》がぶわっと熱くなるのを両手で押さえて誤魔化《ごまか》そうとしますが、うまくいきません。そんな私に気付くことなく、セドリックがご機嫌《きげん》に口を開いてしまいます。

「あのねあのね、これは、姉様なんです。それで、こっちの蕾が僕です。義兄様といつも一緒にいられるようにって姉様が加えてくれたんですよ」

　ああ、全部、バレてしまいました。

恥ずかしすぎて、ウィリアム様の顔が見られません。

こんな子どもみたいな真似《まね》をしてウィリアム様は、呆《あき》れているに違《ちが》いありません。

「そうかそうか、ずっと一緒にいたいとリリアーナは願ってくれているのか」

弾《はず》んだ声でウィリアム様が言いました。

私は指の隙間《すきま》から、おそるおそる様子を窺《うかが》います。

にこにこ笑うセドリックと同じくらい、にこにこしているウィリアム様と目が合いました。青い瞳《ひとみ》が、これでもかというくらいに甘く柔《やわ》らかに細められて、大きな手が私に伸《の》びてきます。私は咄嗟《とっさ》に指の隙間を閉じて顔を隠《かく》します。

「顔を見せてくれ、私の愛《いと》しいリリアーナ」

「む、むりです」

ですが、ウィリアム様はあろうことか私の手の上にキスを落としてきました。驚《おどろ》きにうっかり手を顔から外してしまいます。そうすれば、甘く笑うウィリアム様を直視してしまいました。

「私は嬉しいよ。君とセディと一緒にいられることが私の幸福だからね」

くすぐるように頬を撫《な》でられて、息が止まりそうになります。

「義兄様、僕も一緒？」

「ああ、もちろん」

膝の上で首を傾《かし》げたセドリックの額にウィリアム様が愛おしむようにキスを落とします。セドリックはくすぐったそうに笑って、その頬にお返しのキスをしました。

「良い子のセディにはプレゼントがあるんだ」

「プレゼント？」

「フレデリック」

ウィリアム様がずっと壁際《かべぎわ》に控《ひか》えていたフレデリックさんに声を掛けると、いったん、彼は部屋を出て行きます。ですがすぐに二つの平べったくて大きな箱を持って戻ってきました。

「実は明日の休み、ちょっとしたパーティーを開きたいと思って、君たちに服のプレゼントを用意したんだ」

「パーティー、ですか？」

きょとんとして私は首を傾げます。

「ああ。セドリックの歓迎会《かんげいかい》とリリアーナの快気祝いを兼《か》ねてな。とはいっても招待客はアルフォンスとカドックだけなんだが。あとは、使用人の皆《みんな》にも順番に食事を楽しんでもらいたいんだ。色々と迷惑《めいわく》をかけたお詫《わ》びとお礼みたいなものだ」

そう言いながら、ウィリアム様が青いリボンの掛けられた箱をセドリックに、赤いリボンの掛けられた箱を私に渡《わた》して下さいます。

「開けていいですか？」

「ああ」

セドリックが早速、リボンをほどいて箱を開けます。

中には、青を基調したジャケットとズボン、白いシャツにベルトの一式が用意されていました。青いジャケットは、銀の糸で植物の刺繍が施《ほどこ》されていて素敵《すてき》です。

「なんと、私とお揃《そろ》いだ」

「わぁ、ありがとうございます！」

ウィリアム様の言葉にセドリックが興奮気味にお礼を言います。

「さ、リリアーナも開けてみてくれ」

そう促《うなが》されて、私もおずおずと赤いリボンをほどいて蓋《ふた》を持ち上げます。

「まあ」

思わず感嘆《かんたん》の声が漏《も》れてしまいました。

中に入っていたのは、秋らしく少し茶色の入った淡《あわ》いピンク色のドレスでした。

すっとエルサが近寄ってきて、私がドレスを取り出すタイミングで箱を引き取ってくれます。

オフショルダーのドレスかと思いましたが、そうではなくて肩《かた》回りや袖《そで》は、コーラルピンクの糸で大き目の花が刺繍されたレースになっていました。腰《こし》には白い大きなリボンがついていて、ふわりと広がる裾《すそ》は、何枚かの生地《きじ》が重ねられていて生地の濃淡《のうたん》がとても綺麗です。

「ふふっ、奥様《おくさま》に似合いそうな可愛らしいデザインでございますね」

「……はいっ」

感動に言葉を詰《つ》まらせていた私にエルサがそっと声を掛けてくれました。

「気に入ってくれたかい？」

「もちろんです、大切にいたします」

私はおずおずと尋《たず》ねてくるウィリアム様にすぐさまお返事をしました。ほっと表情を緩《ゆる》めたウィリアム様が「良かった」と頷《うなず》いて、照れくさそうに膝の上のセドリックの頭を撫でました。

「パーティーは、温室で行うつもりだ。あそこなら花も咲いていて華《はな》やかだし、何より温かいから、安心だ」

ちょっと早口になるウィリアム様はお可愛らしいです。

「パーティーは夜ですか？　昼ですか？」

セドリックが尋ねると「昼だよ」とウィリアム様が返事をします。

「ランチの時間頃を予定しているよ。だから、セディ、寝坊《ねぼう》しないようにしないとな」

「僕、ちゃんと起きられます！　あ、でも、心配だから今日はもう寝ないと。寝坊しないけど、念のためです！」

そわそわと落ち着かない様子で、セドリックがウィリアム様の膝から下りて、洋服の入った箱に蓋をします。

「姉様、早く寝よ？」

「ふふっ、分かりました。エルサ、お願いできますか？」

「はい」

くすくすと笑うエルサにドレスを託《たく》して、私はセドリックに手を取られて立ち上がります。するとセドリックをひょいとウィリアム様が抱《だ》き上《あ》げて、そっと腕《うで》が差し出されます。たくましい腕に自然と手を掛けます。

「では、もう寝ようか。フレデリック、エルサ、下がってくれ。今日も一日ありがとう、おやすみ」

「はい。おやすみなさいませ、旦那《だんな》様、奥様、セドリック様」

ぺこりと頭を下げるフレデリックさんとエルサに見送られて隣《となり》の私の寝室《しんしつ》へと移動します。やっぱり今日もウィリアム様は一緒に眠るようです。

ベッドに寝ころんでしばらくは、興奮でそわそわしていたセドリックも、ウィリアム様の腕枕《うでまくら》でいつの間にか眠っていました。

「ウィリアム様」

私は体を起こして、セドリックの髪《かみ》を優《やさ》しく撫でるウィリアム様に顔を向けます。

「折角のお休みですのに、ゆっくり休まれなくて大丈夫《だいじょうぶ》ですか？　もちろんパーティーは嬉しいのですが」

ウィリアム様は、ふっと目を細めると「おいで」と私にも横になるように促します。その言葉に素直《すなお》に従い、セドリックの隣に寝ころべばウィリアム様に姉弟《きょうだい》まとめて抱き締《し》められます。

「こうやって毎晩、癒《いや》してもらっているから近年まれにみるほど元気だよ。それにパーティーと言っても気の知れた者たちだけだからね。むしろ、楽しみでセドリックと同じくらいわくわくしているよ」

子どもみたいに笑う彼の言葉に嘘《うそ》は見当たりませんでした。

私は、ようやくほっとしてその腕に身を預けます。

「でしたら、私も楽しみです」

「それは良かった。おやすみ、私の愛しいリリアーナ」

ふわりと額にキスが落とされます。

いつも眠る時、こうしてウィリアム様は額や髪にキスを落として下さいます。それだけで優しい夢が見られるような気がするのです。ウィリアム様は、魔法使《まほうつか》いの素質もあるのかもしれません、

「あ、あの、ウィリアム様」

「ん？」

私は意を決して、ウィリアム様を真似て、その額に唇《くちびる》を寄せました。サラサラの髪が唇に触《ふ》れてくすぐったいのと同時に心臓がドキドキします。

「お、おやすみなさいませ……っ」

恥ずかしいのに心は満たされていて、私は赤い顔もこの胸の高鳴りも全部を隠すようにセドリックを抱き締めました。

「……わたしの、つまが、うっ、わたしをためしてくる、かわいい、むり、かわいい」

何事かをぶつぶつ言うウィリアム様の腕の力が少しだけ強くなって、ぎゅうと抱き締められます。

世界一安心できる腕の中で、きっと今日も優しい夢が見られるのだろうと、私は頬に熱を残しながらその温《ぬく》もりにまどろみ、ゆっくりと眠りの世界に旅立つのでした。


そして翌日、昼間の温室でささやかなパーティーが開かれました。

セドリックの歓迎会と私の快気祝いと使用人の皆さんへの感謝を兼ねた素敵なパーティーです。立食形式で、お客様はアルフォンス様とカドック様です。

私は、ウィリアム様がプレゼントして下さった柔らかな淡いピンク色のドレスで着飾《きかざ》って、エルサとアリアナさんが髪を綺麗に整えてくれました。首にはもちろんサファイアのネックレスです。

髪を整えてウィリアム様とお揃いの深い青のジャケットを着たセドリックは、アルフォンス様と楽しそうにテーブルの上のごちそうを見て、アリアナさんに取り分けてもらっています。

アルフォンス様は、とてもセドリックを気にかけて下さっていたようで、アルフォンス様の身分にたじろいでいたセドリックを、持ち前の明るさと人懐《ひとなつ》こさで笑顔にしてくれて、あっという間に仲良くなってしまいました。アルフお兄様、とまで呼んでいて、ちょっとだけハラハラしますが、アルフォンス様がとても嬉しそうなので何も言えません。

そんな二人を見守っているとウィリアム様がこっそりと「私がセディの可愛さを自慢《じまん》したから羨ましがっていたんだ」と教えて下さいました。

アルフォンス様は、セドリックに夢中ですので、私はウィリアム様と一緒にカドック様にご挨拶《あいさつ》です。

「カドック様、先日は手を貸して下さって、ありがとうございます」

修道院の方々を説得して下さったのは、カドック様だとフレデリックさんが言っていたので、是非《ぜひ》、お礼を言いたかったのです。

カドック様は、ぶんぶんと首を横に振《ふ》ってぱくぱくと唇を動かしました。

「……私は大したことはしていないです、だそうだ」

「ウィリアム様、分かるのですか？」

首を傾げる私にウィリアム様が教えて下さいました。

「私やアルは、彼の唇を読めるからね」

「そうなのですね。いつか私も読めるようになるでしょうか」

「ははっ、リリアーナならできるかもなぁ」

ウィリアム様が笑って、カドック様は少し驚いたような顔をした後、ふふっと笑ってくれました。やっぱり笑うと優しいお顔になります。

カドック様が両手を私に差し出して下さったので、私は手のひらを向けて右手を差し出します。そっとカドック様の指が私の手のひらに文字をつづります。

『しあわせそうで　あんしん　しました』

笑顔に違《たが》わない優しいお言葉に私も笑《え》みを浮《う》かべます。

「ありがとうございます」

いえいえ、と言うようにカドック様が首を動かしました。

「カドックも食事を楽しもう。フィーユたちが腕を振るってくれたごちそうだ」

ウィリアム様の提案に私たちもテーブルのほうへ移動します。

食べきれるのかしらと心配になるくらい、広い温室に置かれた大きなテーブルにお料理が並んでいます。

「姉様、義兄様、これ美味しいよ。僕とアルフお兄様のおすすめだよ」

「そうなのですか、ありがとうございます」

「お、フィーユ特製のローストビーフだな」

ウィリアム様がセドリックの差し出したお皿を受け取り、添えられていたフォークでぱくりと食べます。

「リリアーナも」

そうすすめて下さるので、お皿を受け取ろうとしますが、何故《なぜ》か小さく切られたローストビーフをフォークに乗せてウィリアム様が差し出してきます。

「ほら、あーん」

思わ反射的に口を開けてしまいました。口の中に入れられたローストビーフは確かに美味しいですが、アルフォンス様やカドック様、セドリックの前で恥ずかしいです。

「義兄様、義兄様、僕にもあーんして？」

「ああ、いいとも」

ウィリアム様は雛鳥《ひなどり》みたいにご機嫌に口を開けるセドリックにローストビーフをあーんしています。

「じゃあ、僕はリリィちゃんにしてもらおうかな」

「いいわけないだろ。なんで私が許すと思ったんだ！　これは特別な大好きな人にしかしてはいけないいんだ！　セドリックにそう教えているんだからな！」

　アルフォンス様の口に、ウィリアム様はローストビーフに添えられていた芽キャベツを突っ込みました。アルフォンス様がもがもがと抗議《こうぎ》しますが、カドック様が飲み込んでから喋《しゃべ》るようにとジェスチャーで伝えると、アルフォンス様は素直によく噛《か》んで飲み込んでから口を開きます。

「ウィルは心が狭《せま》いよ！」

「私の心はリリアーナとセディのためには広々しているとも！　リリアーナのあーんは私とセドリックのものだ！」

「旦那様、その発言は人間が小さいのがバレますよ」

「フレデリック！」

　茶々を入れるフレデリックさんにウィリアム様が青筋を立てますが、フレデリックさんはどこ吹《ふ》く風です。アルフォンス様もケタケタと楽しそうに笑っていて、きっとこの方たちは昔からこうなのだと改めて実感します。それにおじいさんになっても、この方たちは、こんなやり取りを続けているような気がするのです。

　そんな彼らをセドリックとカドック様もくすくすと笑いながら見ていました。

「エルサ」

「はい、奥様」

私にと料理を取り分けてくれていたエルサを呼びます。

エルサの手のお皿の上には、私の好きなものばかりが乗せられていました。

「どうぞ、奥様。奥様のお好きなキッシュもございますよ」

「ええ、ありがとうございます」

私はお皿を受け取って、フォークを手に取ります。キッシュは、私の好物ですが、実はエルサの好物でもあるのです。

私はそれをフォークで小さく切り分けて、エルサに差し出します。

「あーんは、特別に大好きな人にするものらしいので、エルサに」

「お、奥様！　私も奥様が大好きでございますよ！　ありがとうございます！」

そう言ってエルサが応じてくれます。エルサはキッシュをゆっくりと味わってから、今度は私にキッシュを差し出してくれます。

「僭越《せんえつ》ながら、奥様も私の特別な大好きな人でございます」

「まあ、嬉しいわ」

私は、エルサからのあーんを喜んで受け取ります。今日のキッシュも美味しいです。

エルサは、ぷるぷると悶《もだ》えるとお皿とフォークをテーブルに置いて、私をぎゅうと抱き締めました。

「今日も私の奥様がお可愛らしい！」

ああ、今日のエルサも絶好調のようで安心です。

「エルサはいいの？　ウィル」

アルフォンス様がどことなく不満げに言います。

「……私は何があろうと多分、エルサには勝てないんだ」

そんなやり取りが後ろから聞こえてきましたが、聞かなかったことにして私もエルサを抱き締め返しました。

「エルサ、本当にありがとうございます。貴女《あなた》には何度お礼を言っても足りません。こうして人前で食事ができるのも、ウィリアム様と向き合えたのも、セドリックと共にいられるのも、最初に貴女が私を救ってくれたからです。本当にありがとうございます」

「……奥様、お礼などいいのです。奥様が幸せになって下されば、それでエルサは充分でございます」

そう言って、エルサは私の手を握《にぎ》り、心からそう願っていると伝えるように微笑《ほほえ》みます。

「では、エルサももっともっと幸せになって下さいね」

「ふふっ、分かりました」

「お任せ下さい、奥様。エルサのことはこの僕が責任を持って幸せにいたします」

いつの間にかフレデリックさんがエルサの腰を抱いて、いつもの真顔で言いました。ですが、その緑の瞳はとても優しい愛情に満《み》ち溢《あふ》れています。

「そうでしたね、エルサにはフレデリックさんという素敵な旦那様がいましたね」

「ええ、僕はヘタレじゃないのでご安心下さいませ」

フレデリックさんは、よくヘタレと言いますが、ヘタレとはなんでしょう。後でエルサに聞いてみましょう。

「奥様、僕の奥さんはリリアーナ奥様がとにかく大好きで、僕がうっかりヤキモチを妬《や》いてしまうほど、大好きです。ですから、奥様も、僕の奥さんのためにも健やかで、幸せでいて下さい。そしてできれば、僕の乳兄弟《ちきょうだい》も幸せにしてあげて下さい」

ふわりと優しく微笑んで、フレデリックさんが私の後ろを手で示しました。

振り返るとウィリアム様が、片膝《かたひざ》をついて私を見上げていました。その後ろにアルフォンス様とカドック様、セドリック、そして、いつの間にか侯爵家《こうしゃくけ》の皆さんが大集合していました。温室に入りきらない方々は、ガラス越《ご》しに私たちを見守っています。

エルサにそっと背を押されて、ウィリアム様の前に歩み出ます。

「……レディ・リリアーナ」

ウィリアム様が私の手をそっと取ります。

「私はさんざん遠回りして、君に寂しい思いをさせて、ここにいる皆に心配をかけた。それでも、私は君の支えがあって、彼らの友情や愛情があって、こうして今、君と笑い合えている」

私は何がなんだか分からなくて、けれどただ一つの予感があってウィリアム様をじっと見つめます。

「ついこの間まで、私と君の間にあったのは偽《いつわ》りの幸福だった。それは私の臆病《おくびょう》さと君の諦《あきら》めが作り出したものだった。だが、これから……私の一生を懸《か》けて君を愛し、守ると誓《ちか》う。でも、私は騎士だ。この職務にあることで君やセドリックに不安な夜を過ごさせてしまうこともあるだろう。だが、どれほどの危険な任務に従事しても、必ず生きて君たちのもとに戻ると、君と神と剣に誓う。ここにいる彼らが証人だ」

だから、とそこで言葉を切って、ウィリアム様は私の手を放してポケットに手を入れました。そしてビロードの小さな箱を取り出して、ぱかり、と蓋を開けました。

白い絹の台の上にプラチナの指輪が輝いていました。薔薇《ばら》を模《かたど》った銀の細工の中心には小さな青いサファイアが輝き、その隣には大粒《おおつぶ》のダイヤモンドが輝いています。

ウィリアム様は、とても緊張《きんちょう》した面持《おもも》ちで一度、深呼吸をすると改めて私を見上げます。

「改めて…………レディ・リリアーナ」

「……はいっ」

私は今にも涙《なみだ》が溢れそうで、両手で口元を覆《おお》いました。

「私と結婚《けっこん》してほしい。そして、永遠の幸福を他ならない君と築いていきたい」

涙が零《こぼ》れそうになるのをぐっと我慢《がまん》して、私は問います。

「……私で、いいのですか？」

「私は、君がいい。……私には、リリアーナしかいない。だから、私と結婚して下さい」

「はいっ。私も、他でもない、貴方《あなた》と――ウィリアム様と幸せになりたいです」

私は泣きながら笑って、精一杯《せいいっぱい》、頷きました。瞬間《しゅんかん》、立ち上がったウィリアム様にぎゅうと抱き締められて「リリアーナ！　愛してる！」と叫《さけ》ぶウィリアム様からたくさんキスされてしまいました。

おめでとうございます、という言葉が一斉《いっせい》に降ってきます。

「旦那様、私の大事な奥様を泣かしたら即刻《そっこく》追い出しますからね！」

「その際は私も協力して追い出しますから。私は一生エルサ派ですので」

「リリィちゃん、家出がしたくなったらいつでも僕のところにおいで！　お城だから部屋とか有り余ってるからね！」

「お前ら少しはまともに祝えないのか！」

「僕らはただリリィちゃんの味方ってだけだよ。ねー！」

「ねー」

「ねー、じゃない！」

ウィリアム様が私を抱き締めたまま怒《おこ》ります。するとセドリックが小走りにやって来て、私とウィリアム様に抱き着きました。

「姉様、義兄様、おめでとうございます！」

ウィリアム様が私を放して、セドリックを抱き上げました。そしてセドリックに指輪を渡します。

「セディ、あの家でリリアーナの心をずっと守っていてくれたのは、君の笑顔だ。だからもし君が私とリリアーナの結婚を許してくれるなら、彼女の指に指輪を嵌《は》めてほしい」

「はい！」

輝く笑顔で頷いたセドリックは迷うことなくウィリアム様から指輪を受け取り、私が差し出した左手を取ると一生懸命《いっしょうけんめい》、薬指に指輪を嵌めてくれました。

左手の薬指に収まった指輪はサイズもぴったりで、私の大好きな薔薇の花があしらわれていてとても素敵です。でもそれ以上にこの指輪が持つ意味が私を幸福にしてくれます。

目が合ったウィリアム様も幸せそうに笑っていました。

私だけではなくて、私が大切にするものを、こうして一緒に大切にして下さるウィリアム様を、私は本当に愛おしく思うのです。

「ウィリアム義兄様、姉様のこと大事にして下さいね。姉様は僕の大事な姉様なんです」

セドリックがやけに改まってウィリアム様に言いました。ウィリアム様は表情を引き締めるとセドリックの紫《むらさき》の瞳を真《ま》っ直《す》ぐに見据《みす》えます。

「ああ。ウィリアム・ルーサーフォードの名に懸けて、リリアーナと、そして、君のことも何より愛して、守ると約束するよ」

セドリックは、ぱちりと大きな目を瞬《まばた》かせるとくしゃりと顔を歪《ゆが》ませてウィリアム様に抱き着きました。私もセドリックを追うようにウィリアム様に抱き着けば、力強い腕がいつものように私たちを抱き締めてくれました。

「愛しているよ、私の愛しいリリアーナ、そして、可愛いセディ」

柔らかく低く響《ひび》く優しいその声に、私たちは、泣きながら何度も何度も頷きました。

胸に溢れる幸福はまるで満開のお花のように次々と花開いていくようで、その度に世界が鮮《あざ》やかになっていくようでした。その全てが彼が与《あた》えてくれたものだと言うのなら、どうか、私の愛しい人にも同じだけの幸福が溢れていますように、と心から願いました。

「愛しています、ウィリアム様」

顔を上げて、頬へのキスと共に告げた言葉にウィリアム様は、私の大好きな青い瞳を柔らかく細めてとびきりの笑顔をくれます。

きっとただそれだけのことで世界一幸せになっていることなんて、彼は知らないかもしれませんが、私は彼が笑ってくれるだけで本当に本当に、どうしようもなく幸せなのです。

私の胸にあった偽りの幸福は、もうどこにもありません。今、私の胸にあるのはきっと

永遠に輝き続けて、愛というものをたっぷりと含《ふく》んだ永遠の幸福です。

「……ウィリアム様、セディ、知っていますか」

「何を？」

不思議そうに首を傾げた二人に私は、とびきりの笑顔を零しました。

――私、今、世界一幸せです。

おわり

あとがき

お久しぶりです、春志乃《はるしの》です。

この度《たび》は『記憶喪失《きおくそうしつ》の侯爵《こうしゃく》様に溺愛《できあい》されています　これは偽《いつわ》りの幸福ですか？』二巻をお手に取って頂き、心より御礼申《おんれいもう》し上《あ》げます！

一巻の発売後、「ウィリアムの記憶は⁉」、「リリアーナの秘密って⁉」という声を多く頂いたので、こうしてその答えを無事にお届けできて、嬉《うれ》しく思うと同時に、ほっとしています。


リリアーナは臆病《おくびょう》で自信のない女の子でした。

一巻を経て、二巻では本当に凛々《りり》しいレディに成長したな、と作者は思っているのですが、皆様《みなさま》はどう感じられたでしょうか？

忘れてはいけないヒーローのウィリアムもリリアーナや周りの手助けがあって、成長できたのではないかな、と思っています。

リリアーナとウィリアムがしたように、自分と向き合う、あるいは、自分の弱い部分、隠《かく》したい部分を大切な人に告げるというのは、なかなか難しくて、怖《こわ》いことです。

それでも二人は、自分自身と向き合い、そしてお互《たが》いの手を取り合うことができました。きっと、それは二人きりでは達成できなかったことで、エルサやフレデリック、アルフォンスといった心強い味方がいたからこそだと思うのです。

一巻のあとがきで、ウィリアムには頑張《がんば》ってほしいと願った通り、ウィリアムはリリアーナを、そして、リリアーナの宝物であるセドリックを幸せにしてくれました。

ですが、エルサが願うように「奥様《おくさま》にはもっと幸せになってもらわないと！」と私も思うので、彼らにはもっともっと幸せになってほしい、と願ってしまうのは、私が親馬鹿だからなのかもしれません。

ありがたいことにコミカライズもしていただきまして、そちらではまだまだリリアーナやウィリアムが頑張っておりますので、応援《おうえん》よろしくお願いいたします！

さて、最後になりましたが本作を出版するにあたり、担当様や引き続きイラストを担当して下さった一花夜《いちげよる》先生を始めとして関わっていただいた全ての皆様、こうしてお手に取って下さった皆様、WEB掲載《けいさい》時から応援し続けて下さった皆様、支えてくれた家族、友人たちに心から感謝いたします。

またお会いできることを願っております。

春志乃

■ご意見、ご感想をお寄せください。
《ファンレターの宛先》
〒102-8177 東京都千代田区富士見 2-13-3
株式会社KADOKAWA ビーズログ文庫編集部
春志乃 先生・一花夜 先生

●お問い合わせ
https://www.kadokawa.co.jp/ (「お問い合わせ」へお進みください)
※内容によっては、お答えできない場合があります。
※サポートは日本国内のみとさせていただきます。
※Japanese text only

ビーズログ文庫

記《き》憶《おく》喪《そう》失《しつ》の侯《こう》爵《しやく》様《さま》に溺《でき》愛《あい》されています 2

これは偽《いつわ》りの幸《こう》福《ふく》ですか？

春志乃《はるしの》

2020年 9 月15日 初版発行
2022年 1 月30日 3 版発行

発行者　青柳昌行
発行　株式会社 KADOKAWA
〒102-8177 東京都千代田区富士見 2-13-3
（ナビダイヤル） 0570-002-301
デザイン　永野友紀子
印刷所　凸版印刷株式会社
製本所　凸版印刷株式会社

ISBN978-4-04-735753-2 C0193

定価はカバーに表示してあります。

ビーズログ文庫
小動物系令嬢は氷の王子に溺愛される
王太子妃も小動物扱いもお断り！ なのに殿下の溺愛は加速中!?
翡翠《ひすい》
イラスト／亜尾《あお》あぐ
“氷の王子”ことウィリアム殿下の婚約者に選ばれた伯爵令嬢リリアーナ。って、王太子妃なんてお断りです!!　何が何でも婚約解消するぞと策を講じるけれど、小動物を愛でるような殿下の甘々っぷりが強敵すぎて…!?

FLOS COMICにて
コミカライズ連載中！
記憶喪失の侯爵様に
溺愛されています
これは偽りの幸福ですか？
リリアーナ！
コミックでも
君を見ていいか
漫画 ここあ
原作／春志乃
キャラクター原案／一花 夜
ComicWalker内
フロースコミック
公式サイトはこちら